KB201260

노인과 바다

Ernest Fumingway won the Nobel Prize in Literature and Politician

Hemingway's Last Literature!

The Old Man And The Sea

노인과 바다

어니스트 헤밍웨이 · **역자** 김시오

한비미디어

차 례

노인과 바다 7

킬리만자로의 눈 185

노인과 바다

그는 멕시코 만에 조각배를 띄우고 고기잡이를 하는 노인이었다. 대부분은 혼자 배를 타고 나가곤 했는데, 84일 동안이나 고기 한 마리 잡지 못하고 허송세월을 하고 있었다.

처음 40일간은 한 소년이 같이 있었다. 그러나 단 한 마리의 고기도 잡지 못하는 날이 40일이나 계속되자, 소년의 부모는 노인이 이제 '살라오'가 되어 버리고 말았다고 말했다. '살라오'란 스페인어로 '최악의 사태'를 뜻하는 말이다.

그래서 소년은 부모가 이르는 대로 그날 이후 다른 배를 타고 고기잡이를 하러 나갔다. 소년이 타고 나간 배는 첫 주에 제법 큼직한 고기를 세 마리나 잡았다.

그러나 소년은 날마다 빈 배로 돌아와 무겁게 발걸음을 옮기는 노인이 안돼 보였고, 그의 모습을 볼 때마다 가슴이 아팠다. 그래서 소년은 노인이 돌아올 시간이면 마중을 나가서 사린 낚싯줄과 갈고리와 작살과 돛대에 감긴 돛을 챙기는 것을 도와주곤 했다.

돛은 밀가루 포대로 군데군데 기워져 있었는데, 그것을 둘둘 말면 마치 영원한 패배를 상징하는 깃발처럼 보였다.

야위고 초췌한 노인의 볼은 형편없이 움푹 팼고, 목덜미에는 깊은 주름이 잡혀 있었다. 그의 야윈 볼에는 열대지방의 바다가 반사하는 태양열 때문에 피부암을 연상케 하는 갈색 반점이 돋아 있었고, 그것은 얼굴 양편으로 쭉 번져 있었다. 양손에는 큰 고기를 잡을 때 밧줄의 힘을 견디어 내느라 생긴 깊은 상처가 훈장처럼 박혀 있었다. 그러나 그 상처는 최근에 새로 생긴 것이 아니었다. 물고기가 살지 않는 사막의 풍식(風蝕)처럼 오랜 세월에 걸쳐 생겨난 상처들이었다.

노인을 둘러싸고 있는 것은 모든 것이 다 낡고 늙었으나, 바다와 같은 그의 눈빛만은 패배를 인정하지 않는 듯이 번쩍번쩍 빛났다.

"산티아고 할아버지."

소년은 조각배를 끌어 올려놓은 다음 둑으로 올라가면서 말했다.

"할아버지하고 다시 배를 타고 싶어요. 그동안 돈도 좀 벌었으니까요."

노인은 전부터 소년에게 고기잡이하는 방법을 가르쳐 왔고, 소년은 노인을 무척 따랐다.

"아니야."

노인이 고개를 저으며 말했다.

"네가 지금 타는 배는 운이 트였어. 그냥 그 배를 타."

"하지만 할아버지는 84일 동안 고기 한 마리 못 잡았는데, 우린 3주 동안 매일같이 큰 놈을 잡은 걸 기억하시죠?"

"그럼 기억하고말고."

노인은 조용하게 대답했다.

"네가 내 실력을 의심해서 내 곁을 떠난 게 아니라는 걸 알고 있어."

"아버지 때문에 떠났던 거예요. 전 아직 어리니까 아버지 말을 들어야 했고요."

"그래, 알아."

노인이 고개를 끄덕이며 다시 말했다.

"암, 물론 당연히 그래야지."

"우리 아버지는 신념이 없어요."

"그래?"

노인이 소년을 돌아보며 눈을 찡긋하면서 말했다.

"하지만 우리에겐 신념이 있지. 그렇지 않니?"

"네, 그래요."

소년은 잠시도 쉬지 않고 노인에게 말을 시켰다.

"오늘은 테라스에서 맥주를 한잔 대접하고 싶어요. 그러고 나서 저 선구들을 집으로 나르도록 해요."

"좋지."

노인이 즐거운 투로 말했다.

"어부끼리 사양할 건 없지."

그들이 테라스에 자리를 잡고 앉자, 주변에 있던 어부들이 노인을 놀렸다. 하지만 그는 절대 화를 내지 않았다. 그중 나이든 어부들은 그 노인을 바라보며 괜스레 마음 언짢아했다. 그러나 그들은 섣불리 그런 내색을 하지 않았다. 단지 조류라든지 낚싯줄을 드리웠던 당시의 바다 깊이라든지, 연이은 좋은 날씨와 그들이 고기잡이 나갔다가 본 것들에 대해 점잖게 이야기할 뿐이었다.

그날 재미를 본 어부들은 이미 그들이 잡은 마알린(marlin ; 청새치)의 배를 갈라 두 장의 널빤지에 기다랗게 눕힌 다음, 판자 양쪽에 두 사람씩 매달려서 비틀거리며 어류 저장고로 운반해 갔다. 그곳에서 아바나 시장으로 운반해 갈 냉동 화물차를 기다리는 것이다.

상어를 잡은 어부들은 그것을 맞은편 해안에 있는 상어 공장으로 가져갔다. 그러면 그곳에서는 도르래로 상어를 달아 올린 뒤 우선 간을 빼내고, 지느러미를 자르고, 껍질을 벗기고, 살을 소금에 절이기 위해 토막을 쳐대는 등으로 갑자기 바빠지는 것이다.

바람이 동쪽에서 불어올 때면 항구 건너 쪽까지 상어 공장의 냄새가 풍겨왔다. 그러나 오늘은 바람이 북쪽으로 불다가 이내 그치고 말았기 때문에 냄새가 풍기는 듯 마는 듯했다.

테라스에는 마침 햇볕이 잘 들어서 분위기가 즐겁고 유쾌했다.

"산티아고 할아버지."

소년이 노인을 불렀다.

"응."

노인이 대답했다. 그는 맥주잔을 든 채 옛날 일을 떠올리고 있는 중이었다.

"내일 쓸 정어리를 좀 구해 올까요?"

"괜찮아. 넌 가서 야구나 하렴. 아직은 나 혼자서도 노를 저을 수 있고, 로겔리오가 어망을 던져 줄 테니까."

"그래도 저는 지금 나갔다 왔으면 좋겠어요. 할아버지하고 같이 고기잡이를 못 하니까 뭐라도 도와드리고 싶은걸요."

"너는 벌써 맥주를 사 줬잖아. 그걸로 됐어."

노인이 고개를 저으며 계속 말했다.

"너도 이젠 어른이야."

"할아버지, 제가 몇 살 때 저를 처음 배에 태워 주셨지요?"

"아마 다섯 살이었지. 내가 그때 꽤 힘이 센 놈을 하나 잡아

올렸는데, 아 그놈이 배를 산산조각 낼 뻔했거든. 까딱하다 너도 죽을 뻔했어. 기억나니?"

"그놈의 꼬리가 어찌나 무섭게 날뛰던지 앉아 있던 자리가 부서졌어요. 할아버지가 몽둥이로 그놈을 후려갈기던 소리가 지금도 생각나요. 그리고 할아버지가 저를 젖은 낚싯줄이 있는 뱃머리로 던져 버렸지요. 그때 배 전체가 마구 요동쳤는데, 마치 큰 나무를 찍어 넘길 때처럼 그놈을 몽둥이로 내리치자 늘큰한 피비린내가 났었어요."

"정말 그때 일을 다 기억하고 있는 거냐, 아니면 나중에 내가 이야기해 준 거냐?"

"할아버지랑 같이 배를 타고 나갔던 때부터의 일은 모두 다 기억하고 있어요."

노인은 햇볕에 그은 얼굴을 들더니 자랑스러워하면서도 사랑이 가득 담긴 눈으로 소년을 물끄러미 바라보았다.

"네가 내 아들이라면 데리고 나가서 모험이라도 해 보겠는데……."

노인의 표정이 약간 쓸쓸하게 바뀌어 가고 있었다.

"그러나 너는 너의 아버지와 어머니의 아들이고, 또 지금 운 좋은 배를 타고 있으니 어림없겠지."

"정어리를 구해 올까요? 미끼도 네 개쯤은 구해 올 수 있는데……."

"오늘 미끼도 아직 많이 남았다. 소금으로 절여 궤짝에 넣어 뒀어."

"싱싱한 걸로 네 개만 구해 올게요."

"그렇다면 하나만 가져오너라."

노인이 말했다.

아직도 노인에게는 희망과 자신이 사라지지 않았다. 미풍이 불자, 그것이 새롭게 일기 시작했다.

"두 개예요."

"그래, 좋아."

소년이 자꾸 고집을 부리자, 마침내 노인도 빙긋이 웃으며 동의했다.

"설마 훔친 건 아니겠지?"

"훔칠 수도 있었지만……."

소년이 자랑스럽게 웃으며 말했다.

"이건 산 거예요."

"고맙다."

노인은 고개를 끄덕이며 말했다.

노인은 워낙 단순해서, 언제 자기가 겸손한 적이라도 있었던가 하는 따위는 생각하지 않았다. 그러나 지금 이 순간만큼은 자신이 겸손해진 것을 깨달았고, 그것은 부끄러운 것도 아닐 뿐더러 참된 긍지를 조금도 손상시키지 않는다는 것을 알고 있었다.

"조류가 이 상태로만 유지된다면 내일은 재수가 좋겠는걸."

"내일은 어느 쪽으로 가시려고요?"

노인의 말에 소년이 물었다.

"바람이 바뀔 때 돌아올 수 있을 만큼만 멀리 나갈까 한다. 그리고 동이 트기 전에 나갈 작정이다."

"저도 주인아저씨를 졸라서라도 멀리 나가 보겠어요."

소년이 다짐하는 투로 말했다.

"그래야 할아버지가 진짜로 굉장한 놈을 잡았을 때 모두들 달려가서 도와줄 수 있을 테니까 말이에요."

"너의 주인은 너무 멀리 나가려고 하지 않을걸."

"그래요. 할아버지 말이 맞아요."

소년이 체념하듯 말했다.

"그렇지만 저는 이를테면 새가 날아간다든가 하는 식으로, 주인이 보지 못한 것을 봤다고 해서 돌고래를 좇아 멀리 나가게 할 거예요."

"그 사람 눈이 그렇게 나쁘냐?"

"거의 장님이나 마찬가지에요."

"그래? 그것 참 이상하구나."

노인이 고개를 갸우뚱했다.

"그 사람은 한 번도 거북잡이를 간 적이 없었는데. 거북잡이를 하면 눈을 상할 수 있거든."

"하지만 할아버지는 몇 해 동안이나 머스키토 해안에서 거북잡이를 했어도 눈이 좋잖아요?"

"나야 원래 좀 이상한 늙은이니까."

"할아버지, 엄청나게 큰 고기가 걸려도 그것을 이겨낼 만한 힘을 가지고 계시지요?"

"물론, 가지고 있지. 그리고 난 여러 가지 방법도 알고 있으니까."

"이제 선구를 집으로 날라요."

소년이 말했다.

"그래야 투망을 가지고 정어리를 잡으러 가지요."

노인과 소년은 배에서 선구를 집어 들었다. 노인은 돛대를 어깨에 메었고, 소년은 단단히 꼰 낚싯줄이 들어 있는 나무

궤짝과 갈퀴 그리고 창이 달린 작살 등을 날랐다. 미끼가 들어
있던 통은 배의 뒤편에 몽둥이와 함께 나란히 놓여 있었다.
그 몽둥이는 큰 고기를 뱃전으로 끌어 올렸을 때 날뛰는 고기
의 힘을 빼는 데 사용되는 것이다.

　아무도 노인의 물건을 훔쳐가지 않겠지만, 돛이랑 굵은 밧
줄은 밤이슬을 맞으면 좋지 않으니까 집으로 가지고 가는 편
이 나을 것이었다. 이 지방 사람들이 자신의 물건을 훔쳐 가리
라고는 생각하지 않았지만, 갈퀴나 작살을 배에 놔두는 것은
공연히 훔칠 마음을 갖게 해 주는 거라고 노인은 생각했다.

　그들은 노인이 사는 판잣집으로 걸어 올라가서 열린 문으
로 들어갔다. 노인은 우선 돛대를 벽에 기대어 놓고, 소년은
궤짝과 다른 도구들을 그 옆에 놓아두었다.

　돛대는 그 판잣집의 단칸방 길이만큼이나 길었다. 판잣집
은 '구아노'라고 하는 종려나무의 튼튼한 껍질로 만든 것이었
는데, 방에는 침대와 책상과 의자가 각각 하나씩 놓여 있었다.
그리고 바닥은 숯으로 음식을 만들 수 있도록 되어 있었다.

　구아노 잎을 겹쳐서 편편하게 만든 갈색 벽에는 채색한 그
림이 붙어 있었다. 하나는 예수의 상(像)이고 다른 하나는 성
모 마리아 상(像)이었다. 이것들은 아내의 유물이었다. 전에는

그 벽에 빛바랜 아내의 사진도 붙어 있었다. 그러나 그 사진을
보고 있노라면 까닭 없이 울적해져서, 그것은 떼어내어 구석
선반 위에 있는 빨아 놓은 셔츠 밑에 넣어 두었다.

"뭐 좀 드실 거라도 있나요?"

소년이 물었다.

"쌀밥 한 냄비와 생선이 있지. 너도 좀 먹을래?"

"저는 집에 가서 먹겠어요. 불 좀 피워 드릴까요?"

"아니, 괜찮아. 내가 나중에 피우지. 그냥 찬밥을 먹어도
되고."

"저 투망은 가져가도 돼요?"

"되고말고."

그러나 노인에게는 투망이 없었다. 소년은 노인이 그것을 언제 팔아 치웠는지도 기억하고 있었다. 그러나 그들은 날마다 이런 얘기들을 꾸며서 주고받고는 했다.

물론 쌀밥도 없었고, 생선도 없었다. 소년은 그것 또한 알고 있었다.

"85란 꽤 재수 있는 숫자야."

노인이 소년을 보며 말했다.

"내가 내장을 빼고도 천 파운드가 넘는 놈을 잡아 오는 것을 보고 싶지?"

"전 투망을 가지고 정어리를 잡으러 가겠어요. 할아버지는 문 앞에서 햇볕을 쬐며 앉아 계시겠어요? 볕이 따뜻한데."

"그래. 어제 신문을 하나 구해 놓았으니 야구 기사나 읽어야겠다."

하지만 소년은 어제 신문이 있다는 것 역시 거짓인지 아닌지 통 알 수가 없었다. 그러나 노인은 침대 아래에서 정말로 신문을 꺼내 가지고 왔다.

"반찬 가게에서 페드리코가 이 신문을 주더구나."

노인이 소년의 표정을 살피며 설명했다.

"정어리를 잡으면 바로 돌아올게요. 할아버지 것하고 내 것하고 같이 얼음에 채워 놓은 다음 아침에 나누면 돼요. 대신 내가 돌아오거든 야구 얘기 좀 들려주세요."

"양키즈 팀이 질 리가 없지."

"그래도 클리블랜드의 인디언즈 팀은 안심할 수 없어요."

"얘야, 양키즈 팀을 믿어라. 위대한 디마지오가 있지 않니?"

"하지만 디트로이트의 타이거즈 팀과 클리블랜드의 인디언즈 팀 둘 다 겁나는데요."

"얘, 정신 차려. 그러다가 신시내티의 레즈 팀이나 시카고의 화이트 삭스 팀까지도 겁내겠다."

"어쨌든 할아버지가 잘 읽어 두셨다가 제가 돌아오거든 얘기해 주세요."

"그건 그렇고, 끝 번호가 85인 복권을 한 장 살 수 없을까? 내일이 바로 여든다섯 번째 날이거든."

"살 수 있어요."

소년이 고개를 끄덕이며 말했다.

"그러나 할아버지의 위대한 기록인 87은 어때요?"

"그런 일은 두 번 다시 일어나지 않을 거다. 그런데 네가

85를 찾아낼 수 있겠니?"

"그럼요. 그걸로 한 장 주문할 수 있어요."

"한 장만. 2달러 50센트야. 그런데 돈은 누구한테 꾸지?"

"문제없어요. 2달러 50센트쯤은 언제든지 꿀 수 있어요."

"나도 마음만 먹으면 꿀 수 있을 거야. 하지만 그러고 싶지 않아. 처음엔 꾸어 오지만 다음엔 구걸하게 될 것 같아서."

"할아버지, 몸을 따뜻하게 해 두어야 해요."

소년이 걱정스럽게 말했다.

"지금이 9월이란 것을 아셔야 해요."

"9월은 큰 고기가 걸리는 철이지."

노인이 말했다.

"5월에는 누구든지 어부가 될 수 있고."

"저는 이제 정어리를 구하러 가겠어요."

소년이 말했다.

그리고 한참 후 소년이 돌아와 보니 노인은 의자에 앉은 채로 잠들어 있었고, 해도 이미 진 후였다. 소년은 침대에 있던 낡은 군용 담요를 가져다가 의자 뒤로 가서 노인의 어깨에 둘러 주었다. 늙었지만 아직도 힘찬, 이상하리만치 힘이 넘치는 두 어깨였다. 목덜미도 아직 튼튼했으며, 노인이 머리를 앞으로 숙이고 잠들어 있었기 때문에 오늘따라 주름살도 별로 드러나지 않았다. 노인의 셔츠는 하도 여러 번 기워서 마치 그의 돛과 같았고, 기운 조각이 햇볕에 바래서 여러 가지 빛깔로 알록달록했다. 그래도 노인의 머리는 숨길 수 없는 백발이었으며, 눈을 감은 얼굴에서는 전혀 생기가 느껴지지 않았다.

신문이 무릎에 펼쳐진 채 놓여 있었지만, 팔의 무게 때문에 저녁 산들바람에도 날아가지 않고 그대로 놓여 있었다. 발은 맨발이었다.

소년은 노인을 그대로 두고 나갔다가 다시 돌아왔다. 그런데 노인은 여전히 자고 있었다.

"할아버지, 이제 그만 일어나세요."

소년이 노인의 한쪽 무릎 위에 손을 올려놓으며 말했다.

그러나 노인은 눈을 뜨고도 먼 꿈나라에서 현실로 되돌아오는 데 시간이 한참 걸렸다. 이윽고 노인이 미소를 지으며 말했다.

"뭘 가져왔니?"

"저녁밥이에요."

소년이 말했다.

"이제 저녁을 잡수셔야지요."

"하지만 난 그다지 배가 고픈 줄 모르겠는데."

"그래도 좀 드세요. 밥을 먹지 않으면 고기도 못 잡아요."

"그래. 전에는 굶고도 잘 잡았었는데……."

노인은 신문을 접으면서 일어나더니 담요를 개려고 했다.

"담요는 그냥 두르고 계세요."

소년이 말렸다.

"제가 곁에 있는 한, 밥을 먹지 않으면 고기잡이도 못 하시게 할 거예요."

"그래, 오래 살려무나. 몸조심하고……."

노인이 웃으며 말했다.

"그런데 먹을 게 뭐냐?"

"검정콩과 쌀밥, 바나나 프라이 그리고 스튜 조금요."

소년이 테라스에서 두 층으로 된 양은그릇에 담아 가지고 온 것이다. 그러더니 주머니에서 종이로 싼 나이프와 포크, 스푼 따위 등을 꺼냈다.

"누가 준 거냐?"

"마틴이에요. 우리 주인요."

"그 사람한테 고맙다고 인사를 해야겠구나."

"제가 벌써 인사를 했어요. 할아버지는 안 하셔도 돼요."

"이번에 큰 고기를 잡으면 뱃살이라도 주어야겠다."

노인이 물었다.

"이번 말고도 여러 번 줬니?"

"네, 그럴 거예요."

"그렇다면 뱃살만으로는 안 되겠구나. 그 사람, 우리한테 이렇게 마음을 써 주니 말이야."

"맥주도 두 병 줬어요."

"나는 캔 맥주가 제일 좋아."

"알고 있어요. 하지만 이건 병맥주예요. 해티 맥주요. 병은 갖다 줄 거예요."

노인이 말했다.

"고맙다. 자, 그럼 먹어 볼까?"

"아까부터 드시라고 했잖아요."

소년이 다정한 말투로 노인에게 말했다.

"할아버지가 준비를 다 마칠 때까지 뚜껑을 열고 싶지 않았어요."

"이젠 다 준비됐다."

노인이 말했다.

"난 그저 손을 씻고 싶었을 뿐이야."

도대체 손을 어디서 씻는담? 소년은 고개를 갸우뚱하며 그 말뜻을 생각했다. 마을의 물 긷는 곳까지 갔다 오려면 큰 거리를 둘씩이나 거쳐 내려가야 했다.

'맞아! 왜 그 생각을 못했을까……. 할아버지를 위해 물을 길어 와야 하는 건데. 그리고 비누랑 깨끗한 타월도 가져오고……. 어째서 거기까지 생각을 못 했을까? 다음엔 겨울에 입을 셔츠와 재킷과 신발, 그리고 담요도 한 장 더 갖다 드려야겠다…….'

소년은 계속 이런 생각을 하고 있었다.

"스튜가 아주 맛있구나."

노인이 말했다.

"야구 얘기나 해 주세요."

소년이 노인을 졸랐다.

"아메리칸 리그에서는 내가 말한 대로 역시 양키즈 팀이 최고야."

노인은 즐거운 듯이 말했다.

"하지만 오늘은 졌는걸요."

소년이 노인에게 말했다.

"하지만 그건 문제도 안 돼. 위대한 디마지오가 다시 실력을 발휘할 거니까."

"그 팀에 다른 선수들도 있잖아요."

"물론이지. 그렇지만 디마지오가 나타나면 사정이 달라져. 브룩클린과 필라델피아 사이의 리그라면 나는 단연 브룩클린 편을 들지. 그러고 보니 딕 시슬러가 낯익은 야구장에서 멋있게 직구를 던지던 일들이 생각나는구나."

"그렇게 멋진 강타는 여태껏 보지 못했어요. 제가 본 것 중에서 가장 긴 볼을 쳤을 거예요."

"그가 테라스에 곧잘 오곤 했는데, 생각나니? 나는 그를 고기잡이에 데려가고 싶었지만, 너무 소심해서 말도 못 꺼냈지. 그래 너보고 말 좀 해 보라고 하니까 너도 소심해서 말을 하지 못하더구나."

"그래요. 그땐 참 바보 같았어요. 만약 말을 했으면 함께 갔을지도 모르는데. 그랬다면 우린 평생 자랑거리가 하나 생겼을 텐데 말이에요."

"나는 지금도 기회가 있으면 그 위대한 디마지오를 고기잡이에 데려가고 싶어."

노인이 말했다.

"그의 아버지도 어부였다고 하던데, 아마 디마지오도 한때는 우리처럼 가난했을 거야. 그러니까 우리를 이해할 거야."

"위대한 시슬러의 아버지는 가난해 보질 않았고, 저만할 때 벌써 큰 리그에서 뛰었었죠."

"내가 네 나이 때는 아프리카로 다니는 가로 돛을 단 배의 선원으로 있으면서, 저녁때면 해안까지 나와서 어슬렁거리는 사자들을 보았었지."

"알아요. 전에도 말씀하셨어요."

"그래? 그럼 아프리카 얘기를 할까, 아니면 야구 얘기를 계속할까?"

"야구 얘기가 좋아요."

소년이 재빨리 말했다.

"위대한 존 J. 맥글로우의 얘기를 해 주세요."

소년은 J를 호타라고 발음했다.

"그도 예전엔 이 테라스에 이따금 오곤 했지. 그렇지만 성질이 사납고 말투가 거칠어서 술에 취하면 아주 다루기가 힘들었어. 그는 야구뿐만 아니라 경마에도 관심이 많았었지. 늘 호주머니 속에 말의 명단을 갖고 다녔고, 어딘가에 전화를 하여 말 이름을 대곤 했거든."

"그는 매우 훌륭한 매니저였어요. 우리 아버지는 그가 최고 래요."

소년이 단호한 어투로 말했다.

"그가 여기에 잘 나타났었으니까 그렇지."

노인이 웃으며 말했다.

"만약 듀로처가 매년 잊지 않고 이곳에 왔다면, 네 아버지 는 그를 가장 훌륭한 감독이라고 말했을 거야."

"그럼 누가 제일 훌륭한 매니저예요? 류크? 아니면 마이크 곤잘레스?"

"둘이 비슷하겠지."

"그리고 가장 훌륭한 어부는 바로 할아버지예요."

"아니야. 나보다 더 훌륭한 어부들이 많아."

"천만에요."

소년이 말했다.

"고기 잘 잡는 어부는 많지만, 훌륭한 어부는 역시 할아버 지뿐이에요."

"고맙다. 너는 나를 무척 기쁘게 해 주는구나. 너무 엄청난 고기가 나타나서 지금 우리가 한 말을 뒤엎어 버리지 않았으 면 좋겠구나."

"할아버지가 말씀하신 대로 아직 건강하시다면, 그런 고기 따위는 세상에 없을 거예요."

"하지만 내가 생각만큼 건강하지 않을지도 몰라."

"알아요, 말씀해 주셨어요."

노인이 말했다.

"그래도 난 여러 가지 방법을 알고 있고, 신념이 있으니까……."

"이젠 주무셔야 내일 아침에 기운이 나지요. 나는 이 그릇을 테라스에 갖다 주고 집으로 갈게요."

"그럼 잘 자거라. 아침에 깨우러 가마."

"할아버지는 날 깨워 주는 자명종 시계라니까."

소년이 말했다.

"나에겐 나이가 자명종이지."

노인이 갑자기 생각났다는 듯이 말했다.

"늙은이들은 왜 그렇게 일찍 잠이 깨는지 몰라. 영원히 잠들 시간이 가까워지니까 하루를 좀 더 길게 보내고 싶어서 그러는 걸까?"

"저는 그런 건 잘 몰라요."

소년이 대답했다.

"제가 아는 건, 젊은 애들은 늦게까지 곤하게 잔다는 것뿐이에요."

"나도 그건 기억하지."

노인이 말했다.

"늦지 않도록 제 시간에 깨워 주마."

"전 다른 사람이 깨워 주는 건 싫어요. 어쩐지 내가 그 사람보다 못난 것 같은 생각이 들어서요."

"그래, 알았다."

"할아버지, 안녕히 주무세요."

소년은 나갔다.

그들은 그때까지 불도 켜지 않고 식탁에서 저녁을 먹었던 것이다. 노인은 어둠 속에서 바지를 벗고 잠자리에 들었다. 노인은 바지를 둘둘 만 다음 그 속에 신문을 끼워 넣어 베개를 만들었다. 그리고 담요로 몸을 감은 뒤, 침대 스프링을 덮어 놓은 낡은 신문지 위에서 잤다.

노인은 곧 잠이 들었고, 어린 시절에 보았던 아프리카의 모습을 꿈에서 보았다. 길게 휘어진 황금빛 모래밭과 눈이 아플 정도로 하얗게 빛나는 눈부신 해변, 그리고 높은 갑(岬)과 거대한 갈색 산들이 꿈속에 나타났다. 노인은 요즈음 잠만

들면 날마다 그 해안에서 살다시피 했고, 꿈속에서 부딪치는 파도 소리를 들었다. 그리고 그 거친 파도를 헤치고 원주민의 배들이 달려오는 것을 보았다. 그는 자면서도 갑판의 타르 냄새와 뱃밥 냄새를 맡았고, 아침이면 뭍에서 불어오는 미풍 속에서 아프리카 대륙의 냄새를 맡곤 했다.

노인은 뭍의 미풍 냄새를 맡게 될 때쯤 습관적으로 눈을 떴다. 그리고 옷을 주워 입고 소년을 깨우러 갔다. 그러나 오늘은 그 미풍 냄새를 너무 일찍 맡은 것 같았다. 꿈을 꾸면서도 너무 이른 시각이라는 것을 느낀 노인은 다시 꿈속으로 돌아가 바다에서 솟아오르는 섬의 흰 봉우리를 보았다. 그리고 그 다음에는 카나리아 군도의 여러 항구와 선착장에 대한 꿈을 꾸었다.

노인은 이제 더 이상 폭풍우나 여자, 큰 사건이나 큰 고기, 싸움, 힘겨룸과 아내에 대한 것은 꿈꾸지 않았다. 다만 그동안 돌아다녔던 여러 장소며 해안의 사자들 꿈을 꿀 뿐이었다. 사자는 마치 고양이 새끼처럼 황혼에서 뛰놀았고, 노인은 소년을 사랑하는 것처럼 그 사자들을 사랑했다. 하지만 이상하게도 노인은 소년의 꿈을 꾼 적은 없었다.

노인은 곧 잠에서 깨어 열린 창으로 달을 내다보며, 주섬주섬 바지를 챙겨 입었다. 베개를 대신해 주던 그 바지였다. 판잣집 바깥에서 오줌을 누고, 소년을 깨우러 올라갔다.

그는 새벽 한기에 몸을 떨었다. 그러나 잠시 떨고 나면 곧 몸이 따뜻해진다는 것과, 곧 바다로 나가 힘차게 노를 젓게 된다는 것을 알고 있었다.

소년이 사는 집 문은 늘 잠겨 있지 않은 채였다. 노인은 문을 열고 맨발로 조용히 걸어 들어갔다. 소년은 첫 번째 방 침대에서 자고 있었는데, 흐려져 가는 달빛의 어스름 속에서 그 모습을 뚜렷이 볼 수 있었다.

노인은 소년의 한쪽 발을 살그머니 잡고서, 소년이 눈을 뜬 다음 자기 쪽을 돌아볼 때까지 그대로 있었다.

이윽고 소년이 눈을 떴다. 노인이 고개를 끄덕이자 소년은 침대에 걸터앉은 채로 옆 의자에서 집어 든 바지를 입었다.

노인이 문 밖으로 나오자 소년도 따라 나왔다. 소년은 아직도 잠이 덜 깬 모양이었다.

노인은 자기 팔을 소년의 어깨에 두르면서 말했다.

"너무 일찍 깨운 모양인데, 미안하다."

"무슨 말씀이세요? 그렇지 않아요."

소년이 말했다.

"어른이니까 그렇게 해 주셔야지요."

그들은 노인이 살고 있는 판잣집까지 걸어 내려갔다. 아직 어둠이 가시지 않은 길가에서 맨발의 어부들이 자기네 배의 돛대를 어깨에 메고 부산하게 걸어가는 것이 보였다.

노인이 사는 판잣집에 이르자, 소년도 갑자기 바빠졌다. 소년은 광주리에 담긴 낚싯줄 고리와 갈고리 그리고 작살을 들었고, 노인은 돛을 감은 돛대를 어깨에 메고 배로 날랐다.

"커피 드시겠어요?"

소년이 물었다.

"이 선구들을 배에 갖다 두고 와서 마시자."

그곳에는 이른 새벽마다 어부들에게 음식을 파는 곳이 있었다. 그들은 그곳에서 연유통으로 커피를 마셨다.

"할아버지, 어젯밤에 잘 주무셨어요?"

소년이 물었다. 소년은 그때까지도 잠이 덜 깨서 몽롱한 상태였다가, 이제야 좀 정신이 든 모양이었다.

"응, 잘 잤다. 마놀린."

노인이 말했다.

"어쩐지 오늘은 자신이 생기는구나."

"저도 그래요."

소년이 대답했다.

"자, 이젠 정어리하고 할아버지가 쓸 싱싱한 미끼를 가져올게요. 주인아저씨는 선구를 직접 가지고 오거든요. 아무도 시키려고 들지 않아요."

"우리는 안 그러지."

노인이 말했다.

"나는 네가 다섯 살 때부터 선구를 나르게 했었지 않니."

"알고 있어요."

소년이 말했다.

"곧 돌아올게요. 커피나 한잔 더 드세요. 여기서는 외상이 통하니까요."

소년은 맨발이었다. 그는 산호석 위를 경중경중 뛰며 미끼가 저장되어 있는 얼음집으로 걸어갔다.

노인은 천천히 커피를 마셨다. 그것이 하루 동안 자기가 먹을 식량의 전부이기 때문에 끝까지 마셔 둬야 한다고 생각했다.

노인은 먹는 것이 싫어진 지 오래된다. 그래서 점심도 가지고 나가지 않았다. 뱃머리에 물만 한 통 달랑 달고 나가는데, 그것만 있으면 온종일 견딜 수 있었다.

소년이 신문에 싼 정어리와 미끼 두 개를 가지고 돌아오자, 그들은 미끼를 들고 자갈 섞인 모래의 감촉을 느끼면서 조각배 있는 데로 내려갔다.

노인과 소년은 말없이 조각배를 들어 물 가운데로 밀어 넣었다.

"할아버지, 행운을 빌어요."

"너도 행운을 빈다."

노인이 대답했다.

　그는 노를 묶어 둔 밧줄을 노받이 말뚝에 맨 다음, 노를
물속에다 밀어 넣으며 몸을 앞으로 구부렸다. 그리고 천천히
노를 저어 어둠을 헤치면서 항구 밖으로 나가기 시작했다.
　그때쯤 해안의 다른 곳에 있던 배들도 바다로 나가고 있었
다. 달이 산 너머로 넘어간 시각이어서 이젠 아무것도 보이지
않았지만, 그들이 노를 젓는 소리가 분명하게 들려왔다.
　이따금 어느 배에서인지 말을 하는 소리도 들려왔다. 그러
나 대개의 고깃배에서는 노를 저어 나가는 소리 외에는 아무
런 기척 없이 조용했다.

그리고 그 배들은 항구 밖으로 나가면 각기 고기가 있음직한 곳을 향해 뱃머리를 돌려 뿔뿔이 흩어졌다.

노인은 오늘 하루는 멀리 나가 볼 생각이었다. 그래서 항구의 뭍 냄새를 뒤로하고 넓은 대양의 맑은 냄새를 따라 노를 저어 나아갔다.

어부들이 큰 샘이라고 부르는 곳까지 왔을 때 노인은 물속에서 해초의 인광(燐光)을 보았다. 이곳은 별안간 물의 깊이가 7백 길로 떨어지는 지점인데, 조류가 바다 밑바닥의 급한 경사면에 부딪쳐서 소용돌이를 이루기 때문에 온갖 종류의 고기가 모여들었다. 새우와 미끼 고기가 수없이 많았으며, 가끔은 아주 깊숙한 구멍 속에 오징어 떼들이 몰려 있기도 했다. 이것들은 밤이면 수면 가까이로 떠올라, 오가는 고기들에게 잡아먹히기도 했다.

노인은 어둠 속에서도 아침이 다가오는 것을 느낄 수 있었고, 노를 저어감에 따라 날치가 물을 차고 올라올 때의 물의 진동이 느껴지기도 했다. 그놈이 빳빳하게 세운 날개로 어두운 밤하늘을 가를 때 내는 '쉿쉿' 소리도 들을 수 있었다.

바다에서는 날치가 제일가는 친구여서, 그는 날치를 대단히 좋아했다.

그는 새들을 가엾다고 생각했다. 특히 작고 가냘픈 검정색 제비갈매기는 언제나 물 위를 날아다니며 먹이를 찾지만 거의 구하지 못하기 때문에 더욱 불쌍하게 여겨졌다.

노인은 종종 이런 생각을 하곤 했다.

'파리새처럼 크고 억센 새들이 아니라면, 새들은 우리 인간보다 더 고달픈 생활을 하는구나. 이 잔혹한 바다에 어쩌자고 바다제비같이 약하고 고운 새를 만들었을까? 바다는 친절하고 대단히 아름답지만 갑자기 잔인하게 변하기도 한다. 때문에 가냘픈 소리로 울면서 먹이를 찾아 떠도는 새들이 이 험난한 바다에서 사는 것이 얼마나 힘들까……'

노인은 언제나 바다를 '라 마르(la mar)'라고 생각했다. 그것은 이 지방 사람들이 바다를 사랑할 때 부르는 스페인어였다. 간혹 바다를 사랑하는 사람들도 바다를 욕할 때가 있는데, 그때도 역시 바다를 여성으로 취급해서 욕을 하는 것이다.

하지만 낚싯줄을 뜨게 하려고 찌 대신에 부표(浮漂)를 사용하는 젊은 어부들이나, 상어의 간을 팔아서 모터보트를 사들인 사람들은 바다를 남성으로 생각해서 '엘 마르(el mar)'라고 불렀다. 그들은 바다를 투쟁 상대나 일터, 심지어는 적(敵)인 것처럼 말하기도 했다.

그러나 노인은 언제나 바다를 여성으로 생각했고, 늘 큰 은혜를 베풀어 준다고 생각했다. 그래서 가끔 바다가 사납게 돌변하여 나쁜 일을 할 때도 어쩔 수 없는 사정이 있어서 그러는 것이라고만 여겼다. 달이 여인에게 영향을 미치듯 바다에게도 영향을 미친다고 생각했던 것이다.

노인은 쉬지 않고 노를 저었다. 무리하게 속력을 내지 않았기 때문에, 이따금 해류가 소용돌이치는 것 외에는 너무나 잔잔해서 노 젓는 것이 전혀 힘들지 않았다. 조류의 덕택으로 노력을 3분의 1로 덜 수 있었다.

이윽고 날이 밝았을 때는 처음의 목적지보다 훨씬 멀리 나와 있음을 깨달았다.

노인은 생각했다.

'……나는 일주일 동안이나 깊은 곳에서 낚시질을 했지만, 매일 허탕이었다. 오늘은 칼고등어와 다랑어 떼가 모이는 곳에서 줄을 내리면, 근처에 큼직한 놈이 있을지도 모른다.'

날이 완전히 밝아지기 전에 미끼를 꺼내려고, 노인은 물이 흐르는 대로 배를 맡겨 놓았다. 이제 배는 조류에 맡길 심산이었다.

우선 미끼 하나를 40길 아래로 던졌다. 두 번째 것은 75길 아래로, 세 번째 것과 네 번째 것은 각각 100길과 125길 아래의 깊은 물속으로 던졌다. 낚싯바늘의 곧은 부분에 미끼고기를 거꾸로 꿰어 단단히 묶어 두었고, 낚시의 구부러지고 뾰족한 부분은 싱싱한 정어리로 쌌다. 때문에 미끼는 모두 머리를 아래로 두고 매달려 있었다. 정어리들은 양쪽 눈을 꿰어 달아 놓았는데 그 모양이 마치 돌출된 낚싯바늘에 반쪽짜리 화환을 씌운 것 같았다.

오늘 낚시의 미끼들은 훌륭했다. 큰 물고기가 구수한 냄새와 맛을 느끼지 않을 부분 — 냄새가 고약하고 맛없는 부분 — 은 한 군데도 없었다.

소년이 노인에게 준 두 마리의 싱싱한 다랑어 새끼는 제일 깊이 던진 낚싯줄에 매달려 있었다. 다른 줄에는 한 번 썼었던 푸른 정어리와 누르스름한 빛을 하고 있는 수컷 연어를 매달았다. 전에 쓰던 미끼지만 아직은 물이 좋았고, 정어리 냄새도 무척 구수했다.

연필만큼 굵은 낚싯줄에는 하나같이 초록색 막대기가 묶여 있어서 고기가 미끼를 조금 잡아당기거나 닿기만 해도 막대기가 물속에 잠기도록 되어 있었다.

또 낚싯줄에는 40길짜리의 낚싯줄 두 벌이 같이 있어서 재

빨리 남은 낚싯줄에 잇기만 하면 고기가 3백 길 이상까지 낚
싯줄을 끌고 나갈 수 있었다.

지금 노인은 뱃전 너머로 낚싯대 세 개가 물속에 잠기는
것을 지켜보면서, 적당한 깊이에서 낚싯줄의 위아래가 팽팽
하게 당겨지도록 가만히 노를 저었다. 날이 상당히 훤해졌다.
이제 곧 해가 솟아오를 것 같았다.

해가 희미하게 떠오르자, 바다 위에 떠 있는 다른 고깃배들
이 눈에 들어왔다. 고깃배들은 대부분 멀리 해안 쪽 바다에서
조류를 가로질러 야트막하게 흩어져 있었다. 날이 더욱 밝아

지자 갑자기 눈부신 햇빛이 물 위로 쏟아졌다. 잠시 후에 해가 선명하게 모습을 드러냈고, 잔잔한 수면이 해를 반사시켜 눈이 부셨다.

노인은 물 위에서 시선을 거두며 천천히 노를 저었다. 노인은 가끔 물속을 내려다보았다. 어두운 바다 밑으로 팽팽하게 드리워져 있는 낚싯줄이 보였다.

그는 누구보다도 낚싯줄을 팽팽하게 드리웠는데, 그렇기 때문에 어두운 수심 속에서도 자기가 바라는 곳에 미끼를 놓았다가 그곳을 오가는 고기를 잡곤 했었다.

대부분의 어부들은 조류에 낚싯줄을 내맡겨 놓기 때문에, 그들이 1백 길 되는 곳에 낚시를 드리웠다고 생각할 때도 실제로는 60길 정도밖에 되지 않는 경우가 많았다.

그러나 노인은 자신은 늘 정확하게 드리운다고 생각했다.

'다만 운이 없을 뿐이야. 그러나 누가 알아? 오늘만큼은 운이 좋을지……. 하루하루가 새로우니까. 물론 재수가 있으면 더욱 좋겠지. 그러나 나는 정확하게 할 거야. 그래야만 운이 다가왔을 때 놓치지 않을 테니까.'

해가 떠오른 지 두 시간쯤 지나자 이젠 동쪽을 바라보아도 그다지 눈이 부시지 않았다.

시야에 들어오는 배는 세 척밖에 없었고, 그나마 그 배들도 멀리 해안 쪽으로 야트막하게 보였다.

노인은 다시 생각하기 시작했다.

'난 아마 한평생 바라본 아침 해 때문에 눈이 상했을 거야. 하지만 그래도 아직은 괜찮아. 저녁때는 해를 똑바로 쳐다보아도 아무렇지 않으니까. 사실 저녁 햇빛도 강하기는 해. 그러나 아침 해는 너무 부셔서 눈이 아플 정도란 말이야.'

바로 그때였다. 노인은 군함새 한 마리가 길고 검은 날개를 편 채 머리 위에서 빙빙 돌고 있는 것을 보았다. 새는 날개를 뒤로 뻗은 채 비스듬한 자세로 급히 내려왔다가 다시 하늘로 날아올랐다.

"뭔가를 봤구나."

노인은 소리 내어 중얼거렸다.

"그냥 먹이만 찾고 있는 것이 아니야."

노인은 새가 빙빙 돌고 있는 곳을 향해 천천히 노를 저어갔다. 그는 전혀 서두르지 않았다. 대신 낚싯줄이 위아래로 팽팽하게 드리워져 있도록 다시 한 번 조정했다.

그리고 잠시 후 조류를 헤치며 약간 속력을 냈다. 새를 표적삼지 않고 고기잡이할 때보다 조금 더 빠른 속도였다. 그래도 정확하게 낚시질을 할 수 있을 정도로만 속력을 냈다.

새는 더 높이 날아 올라가더니 날개를 움직이지도 않은 채 다시 그 자리에서 빙빙 돌았다. 그러다가 갑자기 아래로 내려왔다. 그때 날치가 물 밖으로 튀어 나오며 필사적으로 수면 위를 나는 것이 보였다.

"돌고래군!"

노인이 짧게 소리쳤다.

"큰 돌고래야."

그는 노를 노받이에 걸고 이물 밑창에서 작은 낚싯줄을 하나 꺼냈다. 그 줄에는 철사로 된 낚시걸이와 보통 크기의 낚시가 달려 있었다. 노인은 정어리 한 마리를 미끼로 달았다. 그것을 그물 쪽에 있는 고리 쇠에 단단히 붙들어 맨 뒤 뱃전 너머로 드리웠다. 그리고 계속해서 다른 낚싯줄에도 미끼를 달아 이물 구석진 곳에 감아 놓았다. 그는 다시 노를 저으며, 아까 그 검은 새가 물 위를 얕게 날면서 먹이를 찾고 있는 것을 지켜보았다.

새는 날개를 비스듬히 한 채 잠깐 해면으로 내려앉는 것 같더니 날치를 쫓아서 맹렬하게 활개를 쳤다.

노인은 순간, 큰 돌고래가 고기를 쫓을 때 물이 약간 일렁대며 올라오는 것을 보았다. 돌고래는 날치가 도망가고 있는 바로 아래쪽에서 물살을 헤치고 달려갔다. 전속력으로 달려가다가 날치가 다시 물속으로 떨어질 때 그 자리에서 잡으려는 것이었다.

노인은 큰 돌고래 떼가 널리 퍼져 있어서 그 날치가 살아날 가망이 거의 없다고 생각했다. 그리고 그 검은 새도 날치를 잡아먹을 가망이 전혀 없어 보였다. 헛수고를 하고 있는 것이었다. 새가 잡아먹기에는 날치가 너무 크고 빠르기 때문이다.

노인은 날치가 자꾸만 튀어 오르는 모습과 새의 헛된 동작을 지켜보고 있었다.

이윽고 그는 돌고래 떼가 멀리 가 버렸다고 생각했다. 그것들은 너무나 민첩하게 멀리 달아나기 때문에 쉽게 따라 잡을 수가 없었다.

노인은 생각했다.

'혼자 뒤처진 놈을 잡아 올릴 수도 있을지도 몰라. 그리고 혹 그놈을 놓친다 해도 그 근방에 큰 고기가 있을 거야. 내 큰 고기가 어딘가에 반드시 있을 테니까.'

저 멀리 육지 위로는 구름이 산처럼 뭉게뭉게 피어나고, 해안은 연푸른 산을 배경으로 한, 긴 초록빛 선으로 보였다.

물빛은 짙은 청색이었는데 너무 짙어서 아예 보랏빛에 가까웠다. 어두운 물속을 들여다보니까 붉은 가루를 뿌려 놓은 듯한 부유(浮游) 생물이 떠 있고, 이따금 햇빛이 반사되어 이상한 빛의 무늬가 눈에 띄었다.

노인은 낚싯줄이 물속의 보이지 않는 깊은 곳까지 똑바로 드리워져 있는가를 살펴보았다. 수많은 플랑크톤이 떠 있다는 것은 바로 가까이에 고기가 있음을 뜻하는 것이어서 그는 몹시 만족했다.

해가 높이 떠오른 지금, 물속에서 보이는 이상한 빛이나 육지 위의 구름 형태로 보아 오늘 날씨는 틀림없이 좋을 것 같았다.

이제 새는 시야 밖으로 사라져서 거의 보이지 않았다. 다만 배의 바로 옆에 햇볕에 바랜 누런 해초가 여기저기 떠 있었고, 아교질 부레와 똑같이 생긴 고깔해파리들이 보랏빛으로 반짝이며 뱃전 가까이에 떠서 기포를 일으킬 뿐이었다. 그것은 물살에 의해 앞뒤로 뒤집히며 기분 좋게 거품을 이루고 있었는데, 무서운 독이 있는 보랏빛의 섬유상 세포가 1야드 가량의 길이로 물속에 늘어져 있었다.

"이건 아구아 말라(스페인어로 독한 물이라는 뜻)로군."

노인이 혼자 중얼거렸다.

"갈보년 같으니라구."

노를 가볍게 저으면서 물속을 들여다보니까 길게 늘어진 섬유상 세포와 같은 색깔의 조그마한 고기들이 그 사이사이로 헤엄쳐 다니기도 하고, 떠 있는 거품 때문에 드리워진 조그만 그늘 아래에 숨어 있기도 했다. 그 고기들은 이미 해파리의 독에 면역이 되어 있는 것이었다.

그러나 사람은 그렇지가 않았다. 노인이 그렇게 오랜 세월 고기잡이를 했는데도, 그 독세포가 조금이라도 낚싯줄에 묻어서 끈끈하게 남아 있다가 실수로 팔이나 손에 묻으면 마치 옻나무를 만졌을 때와 같은 물집과 상처가 생기곤 했다. 뿐만 아니라, 이 아구아 말라 독은 금세 온몸으로 퍼져서 마치 채찍으로 맞은 것처럼 부풀어 올랐다.

그러나 지금은 그 무지갯빛 거품조차 아름다웠다. 노인은 커다란 바다거북이 이것을 먹어대는 것을 볼 때마다 기분이 좋았다. 바다거북들은 이것을 보면 주저하지 않고 정면으로 다가와서, 아예 눈을 감고는 섬유상 세포들을 모조리 먹어 치웠다. 노인은 그런 바다거북을 좋아했다. 또한 폭풍이 지나간 뒤에 해변을 걸어 다닐 때면 여기저기 널려 있는 해파리들이 단단한 구두창 아래에서 '펑펑' 하고 터지곤 했는데, 그 소리를 듣는 것도 무척 즐거웠다.

노인은 특히 푸른 거북이나 대모 거북을 좋아했다. 품위 있고 빠르며 값이 많이 나가기 때문이다. 그러나 크고 우둔한 붉은 바다거북은 친밀하게 여기면서도 경멸하는 마음이 없지 않았다. 모양이 매우 특이한 이놈들은 누런 껍데기를 뒤집어 쓰고 교미를 하는가 하면, 눈을 감은 채 고깔해파리를 집어삼키곤 했다.

노인은 배를 타고 여러 번 거북잡이를 했었지만 거북에 대해서는 아무런 신비감을 갖고 있지 않았다. 그는 모든 거북에 대해서 단지 측은하다는 동정심을 갖고 있을 뿐이었다. 심지어는 길이가 조각배만 하고 무게가 1톤이나 되는 큰 거북을 보아도 그런 생각이 드는 것은 마찬가지였다.

거북은 칼질을 해서 잡아 놓은 후에도 몇 시간 동안이나 심장이 뛰기 때문에 대부분의 사람들은 거북에 대해서 냉혹한 태도를 보였다. 그러나 노인은 '나도 이런 심장을 갖고 있으며, 내 손발도 거북의 것과 비슷하다'고 생각하곤 했었다.

노인은 거북의 흰 알을 정력제로 먹었다. 9월과 10월이 되면 보란 듯이 큰 고기를 잡으려고, 힘을 기르기 위해 5월 한 달 동안 알을 먹었던 것이다.

노인은 또 어부들이 선구를 보관해 두는 판잣집으로 가서 상어간유를 매일 한 잔씩 마셨다. 상어간유는 큰 드럼통에 담겨 있었는데, 원하는 어부들은 누구나 마실 수 있도록 그곳에 놓아 둔 것이다. 상어간유는 사소한 감기나 유행성 독감에 효과가 있는 것은 물론이고 눈에도 좋다.

하지만 대부분의 어부들은 그 독특한 맛을 싫어했다. 물론 상어간유를 마시는 것이 고역스럽다 해도 어부들이 매일 아침 일찍 일어나야 하는 괴로움에 비할 수는 없지만 말이다.

노인은 머리 위에서 다시금 새가 빙빙 돌고 있는 것을 올려다보았다.

"고기를 찾았구나."

그는 크게 소리 내어 말했다.

그러나 아까처럼 해면으로 뛰어오르는 날치도 없었고, 미끼 고기들도 흩어져 있지 않았다.

그러나 노인이 눈여겨보니, 다랑어 새끼 한 마리가 공중으로 뛰어올랐다가 물속으로 곤두박질치며 떨어졌다. 다랑어의 몸통은 햇빛을 받아 찬란한 은빛으로 빛났다. 한 마리가 물속으로 떨어지고 나자 연달아 다른 다랑어들이 뛰어오르더니 사방으로 곤두박질쳤다. 그놈들은 물을 마구 휘저으며 미끼를 따라 멀리 뛰어올랐다 떨어지곤 했다.

머리 위의 새는 바로 그 미끼 주위를 맴돌며 쫓고 있었다.

'저것들이 저렇게 빨리 도망가지만 않는다면 내가 따라갈 텐데' 하고 노인은 생각했다.

노인은 물거품을 하얗게 일으키는 다랑어 떼와, 겁에 질려 해변으로 쫓겨 올라오는 미끼 고기를 따라 쏜살같이 내려와서 물속에 주둥이를 처박는 새의 모습을 지켜보았다.

"낚시에는 새가 큰 도움이 된단 말이야."

노인이 중얼거렸다.

바로 그때였다. 고리를 만들어서 밟고 있던 고물 쪽 낚싯줄이 순간 팽팽해졌다. 노인은 손에서 재빨리 노를 놓으며 줄을 잡아끌려 했다. 그때 다랑어 새끼가 몸을 부르르 떨며 낚싯줄을 잡아당기는 것이 느껴졌다. 줄을 잡아당길수록 진동이 더해 갔으며, 물속에서 퍼덕이는 고기의 푸른 잔등이 눈에 들어왔다.

그런데 노인이 고기를 뱃전으로 휙 끌어들이기 직전에 배가 금빛으로 번쩍이는 것이 보였다. 단단한 총알처럼 생긴 다랑어가 크고 멍한 두 눈을 뻐끔하게 뜬 채 그물 쪽에서 햇빛을 받으며 누워 있었다. 그놈은 쭉 뻗은 날쌘 꼬리로 배의 널빤지를 푸드득 두드리며 생명을 재촉하고 있었다.

노인은 친절한 마음을 발휘하여 다랑어의 머리를 때려 즉사시켰다.

그런 다음 노인은 아직도 떨고 있는 그 몸뚱이를 고물의 구석진 곳으로 던지면서 기분 좋게 중얼거렸다.

"다랑어야. 훌륭한 미끼가 되겠군. 못해도 10파운드는 나가겠는걸."

노인은 자신이 언제부터 혼자 있을 때도 소리 내어 중얼거리는지 생각나지 않았다. 예전에는 혼자 있을 때면 곧잘 노래를 흥얼거리곤 했다. 고깃배나 거북잡이 배를 탔을 때도 밤에 당번을 서게 되면 혼자 노를 저으면서 이따금 노래를 불렀다. 아마도 소년이 떠나 버리고 나서부터 혼자 있을 때 소리를 내어 중얼거리곤 했던 것 같다. 그러나 그것은 명확하지 않다.

소년과 둘이서 고기잡이를 할 적에는 필요한 때만 얘기를 하곤 했었다. 밤이라든지 악천후로 인해 배를 띄울 수 없을 때만 얘기를 했다. 바다에서는 쓸데없는 얘기를 하지 않는 것이 좋다고들 생각했고, 노인도 그걸 당연하게 여겼다. 대부분의 어부들은 그런 습관을 갖고 있었다. 그러나 이제는 노인의 얘기를 귀찮아할 사람이 아무도 없어서인지, 노인은 자기의 생각을 몇 번이고 소리 내어 말하곤 했다.

"내가 혼자서 이렇게 소리 내어 중얼거리는 것을 누군가가 들으면 아마 미쳤다고 생각하겠지."

노인은 다시 소리 내어 중얼거렸다.

"하지만 내가 미치지 않았으니 상관없어. 허나 돈 있는 사람들은 배에서도 라디오를 켜 놓고 재미있는 이야기를 듣거나, 야구 중계를 듣지."

그러나 지금은 야구 생각을 할 때가 아니라고 생각했다.

'지금은 꼭 한 가지 일만 생각할 때야. 그것을 위해서 내가 태어났으니까……. 저 다랑어 떼 주위에는 반드시 큰 놈이 있을 거야. 나는 지금 먹이를 쫓고 있는 다랑어들 중에서 낙오한 놈 한 마리를 잡아 올렸을 뿐이야. 그런데 다른 놈들은 이미 재빨리 달아나 버리고 말았어. 오늘은 어째 물 위로 떠오른 놈들 모두가 북동쪽을 향해 빠르게 달리는 걸까? 시간 탓인가? 아니면 내가 모르는 무슨 날씨의 변화라도 있다는 얘기인가?'

이제 더 이상 초록빛 해안은 보이지 않았다. 다만 보이는 것이라고는 마치 눈으로 덮인 듯 희고 푸른 산봉우리와 위로 또 하나의 높은 설산처럼 솟아 있는 흰 구름밖에 없었다. 바다는 무척 어두운 빛깔이고, 광선이 물속에서 무지개 색을 발하고 있었다. 무수한 부유 생물의 떼들도 햇빛 때문에 보이지 않았다. 푸른 물속으로 들여다보이는 것이라고는 똑바로 드리워져 있는 낚싯줄과 거대한 프리즘 현상뿐이었다.

다랑어 떼는 다시 물속 깊이 내려가 버렸다. 어부들은 이 종류의 고기들을 모두 다랑어라 불렀고, 고기를 팔러 나올 때나 미끼 고기와 바꾸려고 할 때만 구별해서 제 이름을 불러 줬다.

이제 햇살이 뜨거워질 시간이었다. 노인은 목덜미에 햇살의 따가움을 느꼈다. 노를 저을 때마다 등을 타고 땀이 줄줄 흘러내렸다.

'이대로 가만히 배를 띄워 놓은 다음, 고기가 물면 깨어나게끔 발가락에다 낚싯줄을 감아 놓고 잠을 자면 된다. 아니다, 오늘이 85일째 날이니까 정신 차려서 고기를 잡아야 한다.'

노인이 이렇게 생각하고 있을 때였다. 바로 그때 물 위에 나와 있던 초록색 막대기 중 하나가 물속으로 쑥 들어가는 것이 보였다.

"옳지, 됐어!"

노인은 눈을 빛내며 배에 부딪치지 않게끔 조심해서 노를 노받이에 걸었다. 그리고 팔을 뻗어 낚싯줄을 잡은 뒤 오른손 엄지와 검지 사이에 끼우고 살짝 들었다. 그러나 낚싯줄이 당겨지거나 무게가 느껴지지 않아서 그냥 가볍게 잡고만 있었다. 그때 또 확 당겨지는 느낌이 전해져 왔다. 그러나 이번에도 세거나 거칠게 당기지 않았다. 눈치를 보느라 건드려만 보는 것이었다.

노인은 무슨 일이 일어나는지 사태를 정확하게 알아차렸다. 지금 백 길 물속에서 마알린이 낚싯바늘과 그 뾰족한 끝을

감싸고 있는 정어리를 뜯어먹고 있는 것이었다.

노인은 왼손으로 낚싯줄을 조심스럽게 잡은 뒤 낚싯대에서 살그머니 풀어냈다. 고기가 아무런 눈치도 채지 못하도록 손가락 사이로 슬슬 줄을 풀어 놓아 줄 단계가 된 것이다.

노인은 미소를 지으며 생각했다.

'이렇게 멀리 나왔고, 9월이니까 아마 틀림없이 큰 놈일 것이다. 고기야, 먹어라. 먹어! 제발 많이 먹어다오. 모두 싱싱한 놈들이다. 너는 600피트 아래의 어둡고 찬 물속에서 먹이를 우물거릴 것이다. 그 어둠 속에서 한 바퀴 더 돌고 와서 나머

지 미끼까지 먹어 보렴.'

노인은 고기가 미끼를 조심스럽게 가만가만 잡아당기는 것을 느끼며 부탁하듯 혼잣말을 했다. 그러나 낚시에 끼워 놓은 정어리 대가리를 뜯어내는 것이 어려운지 더 힘차게 잡아당기는 것이 느껴졌다. 그러다가 잠시 또 잠잠했다.

"자아!"

노인은 큰 소리로 말했다.

"다시 한 바퀴 더 돌아! 그리고 어서 냄새를 맡아 봐! 구수하잖아? 자, 이번에는 실컷 먹어라. 다랑어도 있잖아! 단단하고 차가운 것이 맛이 좋단다. 사양하지 말고 어서 먹어! 많이 먹으라고!"

그는 엄지와 검지 사이에 낚싯줄을 낀 채 줄을 지켜보며 끈질기게 기다렸다. 고기가 아래위로 헤엄칠 수도 있으므로 그 줄과 다른 줄을 동시에 지켜보았다. 그러자 고기가 조금 전처럼 살며시 미끼를 건드리는 것이 느껴졌다.

"틀림없이 먹을 거야."

노인은 큰 소리로 중얼거렸다.

"하느님, 제발 먹게 해 주십시오."

그런데도 고기는 더 이상 미끼를 먹지 않았다. 멀리 가 버렸는지 아무 반응이 없었다.

"아냐, 가 버릴 리가 없는데."

그는 다시 중얼거렸다.

"절대로 가 버릴 리가 없어. 아마 이 주위를 한 바퀴 돌고 있을 거야. 전에 낚시에 한 번 걸린 적이 있어서 의심이 많은 놈인지도 몰라."

그때 노인은 낚싯줄이 다시 약하게 떠는 것을 느끼고 뛸 듯이 기뻤다. 그리고 잠시 후 무엇인지 세찬, 믿을 수 없을 만큼 억센 반응이 느껴졌다. 틀림없이 고기의 무게였다. 노인은 아래로 아래로 자꾸만 줄을 풀어 주었다. 예비로 마련한 두 줄 중 하나가 계속 밑으로 풀려 나갔다.

노인은 엄지와 검지 사이로 줄이 풀려 나갈 때는 거의 줄을 누르지 않고 있었다. 하지만 그 무게가 대단하다는 것을 확실히 느낄 수 있었다.

"이 녀석 봐라. 무지무지한 놈이군."

노인은 중얼거리다 말고 생각하기 시작했다.

'이제 미끼를 물고 옆으로 달아나려 하는구나. 하지만 한 바퀴 돌고 나서 미끼를 삼켜 버리겠지.'

그러나 노인은 결코 그 생각만은 소리 내어 말하지 않았다.

좋은 일일수록 방정맞게 미리 지껄여대면 될 일도 잘 안 된다는 것을 알고 있기 때문이었다. 그는 이놈이 얼마나 큰 고기인지를 알고 있었다. 고기가 어둠 속에서 다랑어를 물고 달아나는 모양을 상상했다.

그때 고기의 움직임이 멈춘 것을 느꼈으나 중량감은 아직도 그대로 남아 있었다. 그러다가 무게가 더해지는 것이 느껴지자 노인은 서둘러서 줄을 더 풀어냈다. 그는 엄지와 검지를 잠시 꽉 쥐어 보았다. 고기의 무게가 더욱 무겁게 느껴지면서 줄이 똑바로 내려갔다.

"드디어 물었군."

노인은 조용히 중얼거렸다.

"그렇다면 이제는 더 잘 먹도록 해야지."

노인은 손가락 사이로 줄이 계속 풀려 나가도록 해 놓고, 왼손을 뻗쳐 예비한 두 개의 줄 중 한 끝을 다른 줄 끝에다 단단히 묶었다. 이제 모든 준비가 끝난 것이다.

노인은 지금 풀려 나가고 있는 줄 이외에도 40길짜리의 줄을 세 개나 더 갖고 있었다.

"조금만 더 먹어라."

노인이 중얼거렸다.

"토하지 않도록 꿀꺽 삼키란 말이다."

'낚싯바늘이 네 심장에 박히도록 꿀꺽 삼켜 버려라. 그리고 최후에는 쉽게 떠올라서 작살로 널 찌를 수 있게 해다오. 자, 준비가 됐지? 먹을 만큼 먹었겠지?'

노인은 생각했다.

"됐어. 야앗!"

노인은 소리를 지르며 두 손으로 힘껏 줄을 낚아챘다. 1야 드쯤 낚싯줄을 끌어들인 다음, 또 몸의 무게를 중심으로 하여 좌우 팔을 열심히 움직이며 당기고 또 당겼다.

그러나 그뿐이었다. 놈은 꿈쩍도 하지 않았다. 오히려 고기가 천천히 달아나기 시작해서, 노인은 그놈을 한 치도 끌어올릴 수가 없었다.

노인이 쓰는 낚싯줄은 매우 튼튼하며, 무겁고 큰 고기를 낚는데 알맞게 만들어진 것이다. 그것을 어깨에 메고 있자니 마침내 줄이 팽팽하게 당겨지며 물방울이 튀었다. 그러더니 물속에서 천천히 쉿쉿 하는 소리가 나기 시작했다.

노인은 배의 가름나무에 버티고 앉은 채 끌리는 힘에 맞서 몸을 뒤로 젖히며 계속 줄을 잡고 있었다. 배가 북서쪽을 향해 천천히 움직이기 시작했다.

고기도 끊임없이 움직이고 있었다. 겉으로 보면 고요한 바다 위를 평온하게 달리는 것 같았다. 다른 미끼는 아직 물속에 있었으나 입질이 없었기 때문에 손댈 필요가 없었다.

"그 애가 있으면 좋았을걸."

노인은 소리 내어 말했다.

"나는 지금 고기한테 끌려가고 있는데, 몸에 밧줄을 걸고 있으니 마치 끌려가는 닻줄 기둥이 된 것 같군. 줄을 더 세게 당길 수도 있지만, 고기란 놈이 줄을 끊어 버리고 달아날지도 모르니까 조심해야 해. 나는 힘이 닿는 데까지 그놈을 잡고 있어야만 하고, 또 그놈이 필요로 하면 줄을 풀어 주어야 해. 그래도 놈이 옆으로만 나가고 아래로는 내려가지 않으니, 얼마나 고마운가.”

노인은 고기에게 끌려가면서도 끊임없이 생각했다.

‘만약 녀석이 물속으로 들어가려 하면 그땐 어떻게 하지? 그러다가 갑자기 곤두박질치면서 죽기라도 하면 어쩌지? 하지만 무슨 방도가 있을 거야. 상황에 따라 내가 취할 수 있는 방법이 여러 가지가 있으니까……’

노인은 등에 건 줄이 물속에서 비스듬히 경사져 있는 것과 북서쪽을 향해 계속 끌려가는 배를 지켜보면서 잠시 두려움을 느꼈다.

‘이러다가 죽을지도 몰라. 이대로 영원히 버틸 수는 없을 테니까.’

그러나 네 시간이 지난 후에도 고기는 여전히 줄기차게 배를 끌고 바다 멀리로 헤엄쳐 나갔고, 노인도 그때까지 줄을 등에 멘 채 버티고 있었다.

“놈이 걸린 때가 정오였지, 아마?”

노인이 중얼거렸다.

“그런데 나는 아직 놈의 꼴을 구경도 하지 못했구나.”

노인은 이 고기를 낚기 전부터 밀짚모자를 푹 내려쓰고 있었으므로 이마가 쓰렸다. 게다가 목이 몹시 말랐으므로 무릎을 꿇고 앉아서 갑자기 줄이 당겨지지 않도록 조심하며 이물 쪽으로 가까이 다가가서 한 손으로 물병을 잡았다. 뚜껑을 열고 물을 조금 마셨다. 그러고는 이물에 기대서 잠시 쉬었다. 그는 뱃바닥에 놓았던 돛대와 돛 위에 앉아 견뎌 내는 일밖에는 아무 생각도 하지 않으려고 했다.

문득 뒤를 돌아보니 육지가 보이지 않았다. 하지만 그것은 문제될 것이 없다고 생각했다. 언제든지 마음만 먹으면 아바나에서 비치는 빛을 따라 항구로 돌아올 수 있으니까 말이다.

'해가 지려면 아직 두 시간이 더 남아 있다. 그 전에는 녀석이 올라와 줄 것이다. 그렇지 않으면 달이 뜰 때 함께 올라오겠지. 그것도 아니라면 다음 날 해가 뜰 때는 올라오겠지. 내 몸에서 아직 쥐도 나지 않고 버틸 만큼 힘도 남아 있다. 입에 낚시를 물고 있는 것은 바로 저 녀석이다. 그렇다고 해도 저처럼 힘차게 당기는 것을 보니 대단한 놈인 것이 분명하다. 틀림없이 낚싯바늘을 문 채 입을 꽉 다물고 있을 것이다. 그 모습을 좀 보았으면 좋겠다. 나하고 겨루고 있는 놈이 어떤 녀석인지 알기 위해서라도 꼭 한번 보았으면 좋겠다.'

별의 위치로 낮 동안의 상황을 판단해 보니, 고기는 밤새도록 가는 길을 조금도 바꾸지 않았다. 오직 한 방향으로만 달리고 있는 것이다. 해가 지고 나니 점점 추워졌다. 등과 팔과 다리에서 흘러내렸던 땀이 차갑게 말라붙었다. 노인은 낮 동안에 미끼 통을 덮었던 부대를 햇볕에 널어 말렸었다.

해가 지자 그 부대를 목에다 비끄러매어 등으로 늘어뜨리고는, 양 어깨를 가로지르고 있는 낚싯줄 밑으로 조심스레 밀어 넣었다. 부대가 일종의 쿠션 노릇을 했으므로 줄의 힘이 덜 느껴졌다. 그리고 가슴 쪽으로 이물에 기댈 수 있게 되어 한결 편안한 자세를 취할 수 있었다.

실제로는 견딜 수 없는 자세를 조금 면한 정도에 지나지 않았지만, 그래도 노인은 매우 편안한 자세라고 여겼다.

'지금은 나도 녀석을 어쩌지 못하지만, 녀석도 나를 어쩌지 못하고 있는 거야. 이 상태가 계속되는 한 피차 어쩔 도리가 없는 건 분명해.'

노인은 중간에 한 번 일어서서 뱃전 너머로 오줌을 눈 후 별을 보며 현재의 방향을 가늠해 보았다.

낚싯줄은 그의 어깨에서 물속으로 곧게 뻗어 내려가 있었는데, 그 모양이 마치 인광의 줄무늬처럼 뚜렷하게 보였다.

이제 그들은 더 한층 천천히 나아가고 있었으며, 아바나의 불빛이 그다지 강하지 않은 것으로 보아서 조류에 밀려 동쪽으로 와 있음을 알 수 있었다. 만일 아바나의 불빛이 보이지 않게 된다면, 더 동쪽으로 나가고 있는 것이 틀림없다고 그는 생각했다.

'만일 고기가 정확히 제 코스를 간다면 아직 몇 시간은 더 불빛이 보일 것이다. 오늘 그랜드 리그전의 야구 경기는 어떻게 되었을까. 배 위에서 라디오를 들을 수 있다면 참으로 멋지고 즐거울 텐데.'

그러다가 노인은 문득 고기 생각이 났다.

'아니다, 이젠 고기 생각만 해야지. 지금 하고 있는 일만 신경 쓰자. 쓸데없는 생각은 금물이야.'

그는 누구에게랄 것도 없이 다시 소리를 내어 말했다.

"그 애가 있으면 정말 좋았을걸. 나를 도와도 주고 근사한 구경도 할 수 있을 테니 말이야."

'늙을수록 혼자 있는 게 아니야'라고 그는 생각했다.

"그러나 그건 나로서도 어쩔 수가 없는 일인걸. 다랑어가 상하기 전에 그것을 먹고서 기운을 차려 둬야 하는 걸 잊지 말아야지. 아무리 먹고 싶지 않아도 아침에는 저 다랑어를

꼭 먹어 둬야 해."

노인은 자신에게 일렀다.

밤새 돌고래 두 마리가 배 주위를 왔다 갔다 했다. 그들이
물속에서 뒹굴고 물을 내뿜는 소리가 들려왔다. 노인은 수컷
이 물을 뿜는 소리와 암컷이 한숨쉬듯 뿜는 물소리를 정확하
게 분간할 수 있었다.

"착한 놈들이야. 서로 장난치면서 사랑을 한단 말이야. 저
녀석들도 날치와 마찬가지로 우리에겐 형제 같은 놈들이지."

그러다가 노인은 그가 낚은 큰 고기가 갑자기 불쌍하게 생각되었다.

'오늘 잡은 놈은 놀랍도록 이상한 놈이다. 얼마나 나이가 든 놈인지도 알 수 없고, 이렇게 힘센 고기를 잡아 본 적도 없었지만 이처럼 이상하게 구는 놈은 처음이다. 아마 너무 영리한 놈이라 쉽게 물 밖으로 뛰어오르지도 않는 모양이다. 만약 놈이 갑자기 뛰어오르거나 맹렬하게 돌격해 오면 나는 꼼짝도 못할 것이다. 그러나 전에 낚시에 걸려 본 경험이 여러 번 있어서 이렇게 싸워야 한다는 것을 알고 있는 모양이다.

저하고 겨루고 있는 상대가 겨우 한 사람이라는 것을, 그것도 노인이라는 것을 녀석이 알 턱이 없다. 도대체 얼마나 굉장한 놈일까? 고기 살이 좋다면 값은 얼마나 될까? 미끼를 먹는 걸로 봐서는 수컷임에 틀림없다. 끌고 가는 것도 그렇고, 싸우는 데도 전혀 당황하는 기색이 없다. 녀석이 무슨 계획으로 이러는 것인지, 나처럼 필사적으로 덤비는 이유가 뭔지도 알 길이 없다.'

노인은 언젠가 마알린 한 쌍 중에서 암놈을 낚은 일이 있었다. 불현듯 그때 일이 떠올랐다.

고기들은 미끼를 찾으면 언제나 수컷이 암컷에게 먼저 먹게 한다. 그날도 예외는 아니었다. 먼저 미끼를 먹다가 낚시에 걸린 암컷은 공포에 질린 채 필사적으로 투쟁을 하다가 마침 내 기진맥진해 버렸다. 그때 그 수컷은 시종 암컷 옆에 붙어서 낚싯줄을 넘나들며 해면을 맴돌았는데, 수컷이 너무나 바싹 붙어 있어서 노인은 조마조마했었다. 왜냐하면 수컷의 꼬리 가 낫처럼 날카로울 뿐 아니라 크기나 모양도 낫처럼 생겼기 때문에 낚싯줄을 끊어 버리지나 않을까 싶어 걱정스러웠던 것이다.

노인은 암컷을 갈고리로 끌어 올려서 몽둥이로 후려갈겼 다. 가장자리가 사포(砂布)처럼 날카로운 부리를 붙잡고 정수 리를 갈긴 것이다. 마침내 고기가 거의 거울의 뒷면 같은 색깔 로 변하게 되자 소년의 도움을 받아 배 위로 끌어올렸다.

그때까지도 수컷은 뱃전을 떠나지 않고 있었다. 노인이 낚 싯줄을 정리하고 작살을 준비하는데, 수컷은 암컷이 어디 있 나 확인이라도 하려는 듯 배 옆 공중으로 높이 뛰어올랐다. 그러더니 잠시 가슴지느러미의 엷은 보랏빛 날개를 활짝 펴 서 화려한 무늬를 보여 주더니 이내 물속 깊이 들어가 모습을 감춰 버렸다.

'참으로 아름다운 녀석이었어. 녀석은 마지막까지 암컷 곁 에 붙어 있었지' 하고 노인은 당시의 정경을 떠올렸다.

그것이 평생 고기잡이를 하면서 만난 일 중에서 가장 슬픈 광경이었다고 노인은 생각했다.

'그 아이도 슬퍼했고, 나와 그 아이는 고기에게 용서를 구한 다음 즉시 칼질을 했었지……'

"지금 여기에 그 애가 있으면 얼마나 좋을까."

노인은 습관적으로 중얼거리며 이물의 둥그스름한 널빤지에다 몸을 기댔다.

어깨를 가로질러 메고 있는 낚싯줄을 통해서 스스로 선택한 방향으로 꾸준히 달리고 있는 고기의 무게가 느껴졌다.

'하지만 너도 일단 내게 걸려든 이상 어느 쪽이든 선택해야 될 거야. 그런데 이런 경우 대부분의 고기가 하는 선택이란, 모든 올가미나 함정이 미치지 못하는 깊고 어두운 바다 속에 남아 있자는 것이다. 하지만 나의 선택은 이 세상 모든 사람을 다 제쳐두고서라도 그를 찾아서 쫓아가는 것이다. 그런데 우리는 정오부터 줄곧 같이 있지 않았느냐. 하지만 너나 나를 도와줄 대상은 이 세상에 아무도 없다. 아마 나는 어부가 되지 않았어야 했는지도 모른다. 그러나 나는 어부가 되기 위해 태어났다. 그건 틀림없는 사실일 것이다. 따라서 날이 밝거든 잊지 말고 꼭 다랑어를 먹어야 한다.'

노인은 순간 그런 생각을 했고, 다시 한번 다짐했다.

먼동이 트기 조금 전, 뒤에 있는 낚시 중 하나에 무언가가 걸리는 것 같았다. 잠시 후 막대가 부러지는 소리가 들리더니 줄이 뱃전 너머로 마구 풀려 나가는 소리가 들렸다.

어둠 속에서도 노인은 선원용 나이프를 빼어 들고는 큰 고기의 중량을 왼편 어깨로 버텨 내면서 뱃전에다 댄 낚싯줄을 끊어 버렸다. 그리고 더듬더듬 어둠 속에서 예비 사리의 끄트머리까지 단단히 비끄러매었다.

그는 한 손으로도 솜씨 있게 일을 끝낼 수 있었다. 매듭을 맬 때는 한쪽 발을 사이에다 대고 눌렀다. 이제 노인은 예비 낚싯줄이 여섯 개나 생긴 셈이었다. 막 잘라 낸 데서 각각 두 줄, 고기가 미끼를 따먹어 버린 데서 거두어들인 두 줄이 모두 연결되어 있었다.

노인은 날이 밝으면 40길짜리 줄을 있는 대로 잘라 내서 예비 줄에 이어야겠다고 생각했다.

'잘못하면 200길짜리 질 좋은 카달로니아산(産) 낚시와 목줄을 잃고 말겠구나. 하지만 그것들은 언제든지 다시 구할 수 있지. 그러나 내가 다른 고기를 잡다가 이 녀석을 놓쳐 버린다면 무엇으로 대치한단 말인가. 지금 막 미끼를 따먹은 고기가 무엇인지 모르겠다. 마알린이나 황새치기나 상어였겠지. 줄을 잘라 내기에 바빠서 미처 어떤 놈인지 느껴 보지도 못했다.'

"그 애가 있으면 좋았을걸."

노인은 소리 내어 말한 다음 생각했다.

'그러나 아무리 그래도 그 아이는 곁에 없지 않은가. 혼자밖에 없다. 이제 어둡든 어둡지 않든 마지막 낚싯줄이 있는 데로 가서 그것을 끊어 버리고 두 개의 예비 줄을 더 만들어 두어야 한다.'

노인은 주저 없이 그렇게 했다. 어두운 데서 이런 일을 하는 것은 결코 쉽지 않다. 한번은 고기가 심하게 꿈틀거리는 바람에 얼굴을 거꾸로 처박고 넘어졌다. 그 바람에 눈 밑이 터지고 피까지 나서 뺨을 타고 흘러내렸다. 턱까지 내려오기도 전에 엉겨서 말라붙어 버렸지만 말이다.

노인은 이물 쪽으로 돌아가서 뱃전에 기대어 쉬었다. 부대를 잘 조정하면서 낚싯줄을 조심스레 옮겨 어깨에 고정시킨 다음, 손을 물에 담가서 고기가 당기는 것을 조심스레 감지하며 배의 속도를 어림잡아 보았다.

그러면서 그는 생각했다.

'고기가 무엇 때문에 갑자기 요동을 쳤을까? 낚싯줄이 그 커다란 잔등 위를 스친 것이 분명해. 하지만 아무리 그래도 녀석의 등이 내 등만큼 아프지는 않을 거야. 제 놈이 아무리 크다고 해도 이 배를 영원히 끌고 갈 수도 없을 테고 말이야. 이제 성가신 일은 다 없애 버렸고, 예비 줄도 얼마든지 준비해 두었으니, 이 이상 바랄 것은 없다.'

"고기야."

노인은 가만히 불러 보았다.

"나는 죽을 때까지 너하고 같이 있을 테다."

'물론 너도 나하고 같이 있겠지' 하고 생각하면서 노인은 어서 날이 밝기를 기다렸다. 날이 밝기 직전이라 몹시 추웠다. 그래서 노인은 몸을 녹여 보려고 뱃전에다 대고 이곳저곳을 문질렀다.

'네가 할 수 있는 데까지는 나도 할 수 있어.'

노인은 생각했다.

주위가 희끄무레하게 밝아오자 갑자기 낚싯줄이 팽팽히 당겨지더니 물속으로 내려갔다. 배는 계속 끌려가고 있는 중이었다. 해가 수평선으로 그 끝을 내밀었을 때 노인의 오른쪽 어깨 위로 광선이 비쳤다.

"녀석이 북쪽으로 향하고 있구나."

노인은 예사롭게 중얼거리며, 조류가 배를 훨씬 동쪽으로 몰고 갈 것이라고 생각했다.

'고기가 조류를 따라서 돌아 주었으면 고맙겠다. 그건 바로 녀석이 지쳤다는 표시일 테니까.'

해가 더 높이 떠올랐을 때, 노인은 그때까지도 고기가 지치지 않았음을 알아 챌 수 있었다. 단 한 가지 좋은 징조가 눈에 보였다. 낚싯줄의 경사로 봐서 고기가 어느 정도 위로 올라왔다는 것을 짐작할 수 있었다. 그렇다고 반드시 놈이 뛰어오르리라고는 볼 수 없었다. 그러나 최소한의 가망은 있다.

"하느님, 제발 뛰어오르게 해 주세요. 아직 녀석을 다룰 만한 줄은 얼마든지 있습니다."

노인은 기도하듯 말하면서 생각했다.

'만약 내가 조금만 더 줄을 팽팽히 당기면 놈은 아파서 금방 뛰어오를 것이다. 이제 날이 밝았으니 녀석을 뛰어오르도록 해야겠다. 그리고 등뼈에 붙어 있는 주머니에 공기를 가득 넣어 깊은 곳에서 죽지 못하게 해야겠다.'

노인은 낚싯줄을 좀 더 당겨 보려고 애썼지만, 줄은 고기가 처음 걸렸을 때부터 지금까지 줄곧 팽팽한 상태 그대로였다.

74

조금만 당겨도 곧 끊어질 것만 같았다.

노인이 잡아끌려고 몸을 뒤로 젖히며 힘을 주니, 곧바로 고기의 거친 반응이 전해져 왔다. 순간 더 이상 잡아 당겨서는 안 되겠다는 생각이 들었다.

'아무렴! 홱 잡아 당겨서는 안 되고말고. 왈칵 잡아당길 때마다 낚시에 걸려 있는 부위의 상처가 넓어져서 어느 순간 녀석이 뛰어오르면 바늘이 빠져 나갈지도 몰라. 어쨌든 해가 뜨니까 기운이 나는데. 이번에는 해를 똑바로 보지 않도록 자리를 잡아야지.'

줄에는 누런 해초가 걸려 있었지만 노인은 고기가 그것까지 끌려면 더 힘들 것이라는 것을 알기 때문에 오히려 기분이 좋아졌다. 그것은 밤에 그렇게도 인광을 발하던 모자반 류의 누런 해초였다.

"고기야, 난 너를 대단히 사랑하고 존경한다. 그렇지만 오늘 해지기 전에 반드시 너를 죽여 놓고 말 테다."

'아니, 그렇게 되기를 바란다'고 노인은 생각했다.

그때 작은 새 한 마리가 북쪽에서 배를 향해 날아왔다. 휘파람새였다. 새는 수면 위를 아주 낮게 날아왔다. 노인은 그 새가 무척 지쳐 있다는 것을 알았다.

잠시 후 새는 배의 고물로 날아와 앉았다. 그러다가 노인의 주변을 빙빙 돌더니 안심이 되었는지 좀 더 편안한 낚싯줄 위에 앉았다.

"몇 살이지?"

노인이 새에게 물었다.

"이번 여행이 처음이냐?"

노인이 말을 하자 새가 그를 바라보았다. 그러나 새는 너무 지쳐서 낚싯줄을 미처 살펴보지도 못하고 있었다. 단지 가냘픈 발가락으로 줄을 꽉 잡은 채 고기가 움직이는 힘에 의해 위아래로 흔들렸다.

"튼튼한 줄이야."

노인이 새한테 말했다.

"아주 튼튼해. 간밤에는 바람도 별로 없었는데 그렇게 지쳐서야 되겠니? 너 같은 새들은 결국 어떻게 되는 거니?"

'언제나 즐겁지만은 않을 것이다. 조금 있으면 매가 저것들을 맞으러 나오겠지' 하고 노인은 생각했다.

그러나 그 말을 새한테는 하지 않았다. 알아듣지도 못하는 새에게 말해 봐야 아무 소용도 없고, 또 얼마 안 있으면 그 새도 주변에 매가 있음을 알게 될 테니까.

"푹 쉬어라, 작은 새야."

그는 말했다.

"그리고 어디든 열심히 날아가서 되든 안 되든 사람이나 고기처럼 모험을 한번 해 보렴."

밤새 낚싯줄을 메고 있었더니 뻣뻣해진 등이 참을 수 없을 정도로 아팠다. 그래서 아픔을 잊으려고 새에게 자꾸 말을 걸었다.

"그리고 네 마음에 든다면 여기 있으려무나, 새야."

노인이 말했다.

"마침 바람이 잔잔하게 불어와 너를 데려다 주고도 싶지만, 지금은 돛을 달아 줄 수가 없어 미안하구나. 그러나 너는 내 친구야."

바로 그때 고기가 갑자기 잠겨들며 몸부림을 치는 바람에 노인은 그만 이물 쪽으로 고꾸라지고 말았다. 그가 반사적으로 발로 버티면서 줄을 놓아 주지 않았더라면 물속으로 끌려 들어갈 뻔했다.

낚싯줄을 홱 당길 때 새는 이미 날아가 버렸는데, 노인은 그것을 보지도 못했다. 노인은 오른손으로 조심스럽게 줄을 만져 보다가 손에서 피가 흐르는 것을 알았다.

"무엇인가가 저 고기를 아프게 한 모양이군."

노인은 소리 내어 말하고는 고기의 방향을 돌릴 수 있는지를 살펴보기 위해 살짝 줄을 당겨 보았다. 줄이 끊어질 지경으로 팽팽해졌으므로 노인은 줄을 단단히 쥔 채 뒤로 몸을 젖히면서 버텼다.

"고기야, 너도 이젠 내가 끄는 것을 느끼는구나."

그가 말했다.

"그런데 사실은 나도 마찬가지야."

새가 같이 있어 주었으면 하는 생각이 간절했다. 하지만 사방을 둘러보아도 새는 이미 날아가 버리고 없었다.

'오래 쉬지도 못하고 가 버렸구나. 그러나 해변에 닿을 때까지는 더욱 괴로움이 클 거야. 그런데 고기가 이 정도로 잡아당겼다고 해서 다치다니, 내가 어떻게 된 거 아냐? 틀림없이 내가 멍청해진 모양이다. 아니면 아까 그 작은 새를 쳐다보느라 정신을 놓고 있었든지. 이젠 내 일에나 정신을 쏟고, 더 힘이 빠지기 전에 다랑어를 먹어 둬야겠다.'

노인은 생각했다.

"그 애가 여기 있다면 정말 좋으련만. 그리고 소금도 좀 있으면 얼마나 좋을까."

그는 다시 중얼거렸다.

낚싯줄의 무게를 왼쪽 어깨로 옮긴 뒤, 그는 무릎을 꿇고 조심조심 바닷물에 손을 씻었다. 한동안 손을 물에 담그고 있자 피가 길게 꼬리를 남기며 사라지는 것이 보였다.

배는 계속해서 나아가고 있었고, 그때마다 손에 부딪치는 물의 모양을 바라보았다.

"훨씬 느려졌구나."

노인은 좀 더 오랫동안 물에 손을 담그고 싶었지만 고기가 또 갑자기 요동을 칠까 봐 두려워졌다. 그래서 몸을 똑바로 편 뒤 발로 버틴 채 손을 쳐들어 햇볕에 말렸다. 낚싯줄에 베어서 살갗이 조금 벗겨진 것뿐이다. 그러나 공교롭게도 요긴하게 쓰이는 부분이 베어서 몹시 불편했다. 이 일이 끝날 때까지 손의 도움이 절실하다는 것을 잘 알고 있었기 때문에 일을 시작하기 전에 손을 다치지 않으려고 조심했는데…….

"자, 그럼."

손이 다 마르자 노인이 말했다.

"이젠 다랑어 새끼를 먹어야겠다. 갈퀴로 끌어다가 여기서 편하게 먹어야지."

그는 허리를 구부려 고물 쪽에 던져두었던 다랑어를 찾아 냈다. 그리곤 사려 놓은 낚싯줄에 닿지 않도록 조심스럽게 자기 앞으로 잡아당겼다. 다시 줄을 왼편 어깨로 옮겨 메고 왼손과 팔로 몸을 버티면서 갈퀴에서 다랑어를 빼낸 다음 갈퀴는 도로 제자리에 갖다 두었다.

노인은 한쪽 무릎으로 고기를 누른 상태에서, 등의 선을 따라 머리에서 꼬리까지 세로로 길게 칼집을 낸 뒤 검붉은 살점을 발라냈다.

그런 다음 그 쐐기 모양의 살점을 등뼈에서 배까지 바싹 잘랐다. 그것을 다시 여섯 조각으로 잘라서 이물 판자 위에 펴 놓은 뒤, 칼에 묻은 피를 바지에다 문질러 닦으며 나머지 뼈대는 꼬리 쪽을 잡아서 뱃전 너머로 던져 버렸다.

"한쪽을 통째로 다 먹을 수 있을 것 같지 않은데."

노인은 그렇게 중얼거리며 한쪽을 칼로 잘랐다.

노인은 큰 고기가 여전히 줄을 세차게 끌어당기고 있음을 감지할 수 있었다. 왼손에서 쥐가 났고, 무거운 줄을 잡은 손이 오그라들고 있었다. 노인은 괴로운 표정으로 손을 바라보았다.

"도대체 어떻게 된 놈의 손이야?"

노인이 말했다.

"쥐가 날 테면 나라지. 매 발톱처럼 오그라들 테면 들라지. 그래 봐야 아무 소용이 없을 테니."

그는 비스듬히 내려가 컴컴한 물속에 잠겨 있는 낚싯줄을 보며 중얼거렸다.

'지금 먹자. 그래야 이 손이 펴질 것이다. 손이 잘못된 것이 아니라, 벌써 여러 시간 동안 고기와 씨름하고 있기 때문이다. 그러나 나는 언제까지라도 싸울 자신이 있다. 이제 다랑어를 먹어 두자.'

노인은 살점을 한 점 집어 입에 넣고는 천천히 씹었다. 맛이 괜찮았다.

'천천히 잘 씹어서 알뜰히 먹어야지. 이럴 때 귤이나 레몬, 소금이라도 있으면 더욱 먹기가 좋을 텐데' 하고 노인은 생각했다.

"좀 어떠냐?"

거의 빳빳하게 굳어 버린 손에다 대고 노인이 걱정스럽게 물었다.

"너를 위해서 먹기 싫어도 좀 더 먹어 두마."

노인은 두 쪽으로 잘라 둔 것 중 남은 한쪽을 먹었다. 조심해서 씹은 다음 껍질만 뱉었다.

"이젠 좀 효과가 있니? 좀 더 있어야 알겠다고?"

노인은 한쪽을 더 집어서 이번에는 토막을 내지 않고 통째로 씹었다.

'다랑어란 놈은 살이 단단하고 피가 많은 고기란 말이야' 하고 노인은 생각했다.

"그래도 돌고래 대신 이놈을 잡은 것이 다행이다. 돌고래는 너무 달단 말이야. 이것은 거의 단맛은 없지만 아직도 싱싱하고 살이 단단하거든."

그렇다 해도 실질적인 생각 이외는 모든 게 다 무의미하다고 그는 생각했다.

'소금이 있으면 좋으련만.'

물론 그것은 바람일 뿐이다. 그런데 나머지 살점이 햇볕에 썩을지 마를지 알 수 없으니까, 별로 시장하지 않더라도 먹어두는 것이 낫겠다고 그는 생각했다.

물속에 있는 고기는 아직도 잠잠하고 침착하다.

'나도 이걸 다 먹고 만반의 준비를 해야지.'

"손아, 네가 좀 참아다오."

노인은 중얼거렸다.

"너를 위해서 이걸 먹는 거야."

그는 순간 물속에 있는 저 고기에게도 이것을 좀 먹였으면 하고 생각했다.

'나하고는 형제간이니까. 그렇지만 나는 너를 죽여야 하고, 그러기 위해선 힘이 빠지면 안 된단다.'

노인은 천천히 쐐기 모양의 고깃점을 씹어 먹은 다음 허리를 쭉 펴면서 바지에다 손을 닦았다.

"자."

노인이 말했다.

"손아, 이젠 줄을 놓아도 돼. 그 뻣뻣해진 왼손이 그렇게 쉴 동안 나는 오른팔로만 고기를 다루겠다."

노인은 왼손으로 붙들고 있던 줄을 왼발로 밟았다. 그리고 몸을 젖히면서 등을 눌러대는 무게를 버텨 내려고 애를 썼다.

"하느님, 제발 쥐가 멈추도록 도와주세요."

노인이 기도하듯 말했다.

"고기가 무슨 짓을 하려는지 도대체 알 수가 없군요."

그러나 고기는 침착하게 자신의 계획을 진행시키고 있는 것 같았다.

그런데 그 고기의 계획이란 도대체 무엇일까? 그리고 또 나의 계획은 무엇이란 말인가?

'하지만 너무나 큰 놈이니까 놈이 하는 데 따라 내 계획이 달라질 수밖에 없단 말이야. 놈이 물 밖으로 뛰어오르기만 하면 해치우겠는데, 도대체 언제까지 물속에서 버티고 있을 참인지……. 그렇다면 나도 녀석이 나올 때까지 물 위에서 버티고 있을 수밖에…….'

노인은 쥐가 난 손을 바지에다 대고 문지르며 손가락의 경련을 풀어 보려고 애를 썼다. 그러나 손은 쉽게 펴지질 않았다.

'해가 나면 펴지겠지. 금방 먹은 싱싱한 다랑어가 소화되면 펴질 거야. 이 손이 꼭 필요한 경우에는 무슨 수를 써서라도 퍼놓고 말 것이다' 하고 노인은 스스로를 위로했다.

그러나 지금은 억지로 펴고 싶지가 않았다. 저절로 펴져서 정상 상태로 돌아가기를 가다려야겠다고 생각했다.

노인은 바다를 둘러보면서, 자신의 외로움이 새삼 뼛속으로 스며드는 것을 느꼈다.

그러나 그는 팽팽하게 앞으로 뻗어나간 낚싯줄과 깊고 어두운 물속의 프리즘 현상을 볼 수 있었고, 눈앞에 펼쳐진 잔잔한 바다에서 이상한 파동이 일어나는 것을 볼 수 있었다.

무역풍(貿易風)을 따라 구름이 피어오르고, 앞을 보니 한 떼의 물오리가 하늘에 뚜렷하게 나타났다가는 흐트러지고 다시 또 뚜렷이 나타나곤 했다. 노인은 그런 모습들을 보면서, 바다에서는 누구도 외롭지 않다고 생각했다.

어떤 사람들은 작은 배를 타고 육지가 보이지 않는 먼 바다로 나가는 것을 두려워하는데, 예전에는 어떻게 그런 생각을 할 수 있을까 하고 그는 고개를 갸우뚱했었다. 그러나 지금은 갑자기 악천후가 겹치는 계절에는 그럴 수도 있을 것이라고 생각되었다.

하지만 지금은 태풍이 부는 계절이고, 만약 이런 계절에 태풍이 일지 않는다면 일 년 중 고기잡이에 가장 좋은 시기인 것이다.

태풍이 오려 할 때 바다에 나가 있으면 며칠 전부터 하늘에 그 징조가 나타난다. 다만 육지에서는 그 징조를 볼 수 없으므로 알아차리지 못하는 것일 뿐이라고 그는 생각했다. 육지에도 틀림없이 구름의 형태가 이상하게 바뀌면서 기미를 보일 테지만…….

그러나 지금은 구름의 모양으로 보아 태풍이 올 징조는 없어 보인다. 드높은 9월 하늘에는 부드러운 아이스크림 같은 구름이 뭉게뭉게 떠 있고, 얇은 깃털 같은 구름이 널려 있었다.

"가벼운 브리사('미풍'을 뜻하는 스페인어)군."

사방을 둘러보며 노인이 말했다.

"고기야. 오늘은 너보다는 나한테 유리한 날씨구나."

왼손이 아직도 쥐가 풀리지 않은 상태라서 노인은 가만가만 쥐를 풀려고 했다.

이런 경우는 정말 질색이었다. 쥐가 난다는 것은 자신의 몸이 자기에게 항거하는 거다. 프토마인 중독으로 설사를 한다든지, 구토를 하는 것은 다른 사람 앞에서 창피한 노릇이다. 하지만 쥐라는 것은 — 그는 스페인어로 '칼람브레'라고 생각했는데 — 특히 혼자 있을 때 스스로가 창피한 노릇이다.

만일 소년이 지금 여기 있었다면 팔을 주물러서 근육을 풀어 주었을 것이다. 그러나 '결국은 풀어질 거야. 틀림없이'라고 노인은 생각했다.

그때 그는 오른손 줄에 느껴지던 힘이 달라진 것을 느꼈고, 물속에 있는 낚싯줄의 경사가 달라진 것을 보았다. 몸을 젖혀 줄을 당기면서 왼손으로 세게 허벅지를 내리치니 얼마 안 있어 줄이 서서히 위로 올라왔다.

"드디어 녀석이 올라오는군."

노인은 긴장한 어투로 말했다.

"어서 가까이 오너라! 제발 가까이 와!"

줄은 천천히 그리고 꾸준히 올라왔다. 어느 순간 갑자기 배의 앞쪽 해면이 소용돌이치더니, 고기의 몸통을 중심으로 하여 양쪽으로 물이 갈라지면서 쏟아져 내렸다.

드디어 놈이 모습을 드러낸 것이다!

햇빛을 받아 번쩍거리는 머리와 등은 짙은 보랏빛이었고, 배에 있는 넓은 줄무늬가 연보랏빛으로 빛났다. 옆구리는 야구 방망이처럼 길고 끝이 쌍날칼처럼 뾰족했다.

그러나 놈은 잠깐 물 밖으로 전신을 드러내 보이더니, 다시 잠수부처럼 물속으로 유유히 들어가 버렸다. 노인은 고기의

커다란 낫날 같은 꼬리가 물속으로 들어가면서 동시에 줄이
재빨리 풀려 나가는 것을 보았다.

"이 배보다 2피트나 길구나!"

노인은 감탄하듯이 중얼거렸다.

줄이 풀려 나가는 속도가 빠르기는 하지만 일정하게 풀려
나가는 것으로 보아 고기가 당황하고 있는 것 같지는 않았다.
노인은 줄이 끊어지지 않도록 조심하며 두 손으로 잡아당겼
다. 일정하게 당기면서 고기를 견제하지 않으면, 줄을 모두
끌고 가서 끊어 버릴지도 모르기 때문이다.

'무섭게 큰 놈이다! 그러나 반드시 놈을 해치워야 한다. 제 힘이 얼마나 되는지, 또 자기가 달아나기로만 마음먹으면 어떤 짓이든 할 수 있다는 것을 알게 해서는 안 된다. 내가 저놈이라면 모든 것을 다 걸고 어떻게 되든 해 볼 텐데. 그러나 고맙게도 고기는 자기들을 죽이는 우리 인간처럼 영리하지 못하거든. 물론 어떤 때는 우리보다 훨씬 기품 있고 능력이 있지만⋯⋯.'

노인은 그동안 큰 고기를 많이 보아 왔다. 1000 파운드 이상 나가는 것도 많이 보았고, 평생에 그런 큰 고기를 두 마리나 잡기도 했었다. 물론 그때는 혼자서 잡은 것이 아니었다.

그런데 지금은 단지 혼자서, 육지도 보이지 않는 이 먼 바다에서, 평생에 처음 보는 큰 고기를, 그것도 이야기로 들어 온 것보다 훨씬 더 큰 고기에 꼼짝없이 매달려 있다.

왼손은 아직도 매의 발톱처럼 오그라든 채로였다. 그래도 곧 풀릴 거라고 그는 생각했다.

'틀림없이 쥐가 풀려서 오른손을 도와줄 거야. 그래, 나에게는 형제간이라고 할 수 있는 것이 셋 있다. 그건 고기와 내 두 손이니까, 틀림없이 풀어질 거야. 쥐가 나다니, 못난이같이⋯⋯.'

고기는 다시 속력을 늦춘 채 평소와 같은 속력으로 끌고 갔다.

'아까는 저 녀석이 왜 뛰어올랐을까? 마치 자기가 얼마나 큰지 한번 보라는 듯이 뛰어오른 것 같다. 어쨌든 알기는 알았다' 하고 노인은 생각했다.

'나도 내가 어떤 사람인지 너에게 보여 주고 싶다. 그러나 그때 너는 나의 쥐난 손을 보게 되겠지. 그렇게 되면 큰일이다. 어떻게 해서든 내가 실제보다 더 강한 인간이라는 걸 고기에게 알려 주자. 사실 그럴지도 모르니 말이다.'

그는 계속해서 생각했다.

'의지와 지혜밖에 없는 나에게 맞서고 있는, 모든 것을 가진 저 고기가 부럽구나.'

노인은 뱃전에 몸을 기댄 채 덮쳐 오는 고통을 견디기 위해 애를 썼다. 고기는 꾸준히 헤엄쳤고, 배는 어두운 물을 헤치며 천천히 나아갔다. 바람이 동쪽에서 불기 시작하면서 약간 파도가 일었고, 한낮이 되자 왼손에 났던 쥐도 풀렸다.

"고기야, 너에게는 반갑지 않은 소식이다."

그는 조금은 가벼운 마음으로 중얼거리면서 어깨를 덮고 있던 부대를 매만지며 다시 줄을 옮겨 놓았다.

그는 침착해지려 애썼지만 몹시 괴로웠다. 그러나 그는 고통이라는 걸 인정하려 하지 않았다.

"나는 종교를 믿는 사람은 아니지만……."

노인은 중얼거렸다.

"지금부터 이 고기를 잡게 해 달라고 주님의 기도 열 번, 성모송 열 번을 외우겠다. 그리고 만약 고기를 잡기만 한다면 코브레로 순례를 가겠다. 맹세한다."

그는 기계적으로 기도문을 외우기 시작했다. 너무나 피곤해서 그는 이따금 기도문 구절이 생각나지 않을 때도 있어서, 다시 처음부터 외우기도 했다. 그는 성모송이 주님의 기도보다 더 외기가 쉬웠다.

"은총이 가득하신 마리아님, 기뻐하소서. 주님께서 함께 계시니 여인 중에 복되시며, 태중의 아들 예수님 또한 복되시나이다.

천주의 성모 마리아님, 이제와 저희 죽을 때에 저희 죄인을 위하여 빌어 주소서. 아멘."

그리고 노인은 덧붙여서 한 마디 더했다.

"복되신 마리아님, 마지막으로 이 고기의 죽음을 위하여 기도하여 주십시오. 훌륭한 고기이긴 합니다만……."

기도를 마치고 나자 한결 기운이 솟는 것 같았으나 고통은 여전했다. 아니, 아까보다 좀 더 심해진 것 같았다. 그래서 노인은 이물의 판자에 몸을 기댄 채 기계적으로 왼손의 손가락을 놀리기 시작했다.

미풍이 가볍게 일고 있었으나 햇볕도 제법 따가웠다.

"작은 줄에 미끼를 새로 달아서 그물 쪽으로 드리워 놓는 것이 좋겠는데."

노인은 걱정스레 말했다.

"만일 녀석이 이대로 하룻밤을 더 견뎌 볼 생각이라면 나도 뭐든 좀 더 먹어 둬야 되니까. 물도 얼마 남지 않았는걸. 그런데 여기서는 돌고래밖에 잡힐 것 같지 않구나. 오늘 밤엔 날치가 배 위로 날아와 주었으면 고맙겠지만……. 그러나 날치를 유인할 불이 있어야 말이지. 날치는 날로 먹어도 맛이 썩 좋고, 칼질을 할 필요도 없는데……. 이제 되도록 힘을 아껴야겠다. 놈이 이렇게 클 줄은 정말 몰랐단 말이야. 그래도 끝까지 죽이고야 말 테다!"

노인은 마지막 말에 더욱 힘을 주었다.

"아무리 훌륭하고 멋진 놈이라도 말이다."

'생명을 죽인다는 것이 옳은 일이 아니더라도, 인간이 무엇을 할 수 있는지 그리고 인간이 얼마나 역경에서 잘 견뎌 낼 수 있는지를 보여 주고 말 테다' 하고 그는 생각했다.

"나는 그동안 나 자신이 이상한 늙은이라고 그 아이에게 말하곤 했었다. 지금이야말로 그것을 증명할 때다."

그는 중얼거렸다.

그동안 수도 없이 증명을 했어도 지금은 아무 의미가 없는 것 같았다. 지금 또다시 그 증명을 하려 한다. 증명을 할 때마다 늘 처음 하는 일 같았고, 그때는 과거에 대해서 일체 생각하지 않았다.

'녀석이 잠들고, 나도 사자 꿈을 꾸며 잠들었으면 좋겠는데……'

그런데 지금 이 순간에 사자가 생각나는 이유가 무엇일까?

"늙은이, 아무 생각도 하지 말게."

노인은 계속 자기 자신을 타일렀다.

"뱃전에 기대어 쉬면서 아무것도 생각하지 말게. 고기란 녀석은 계속해서 움직이고 있단 말일세. 그러니 자네는 될 수 있는 대로 움직이지 말고, 힘을 비축해야지."

오후로 접어들었다. 배는 아직도 천천히, 그리고 꾸준히 움직이는 중이었다. 그러나 동풍은 이제 잠잠해졌다. 노인은 노를 저어 잔잔한 바다를 미끄러지듯 나아갔다. 밧줄 때문에 등이 아프던 것도 한결 덜했고, 움직임이 많이 부드러워졌다.

오후에 한 번 더 줄이 올라오기 시작했다. 그러나 고기는 약간 높은 수면으로 올라와 계속해서 물속을 헤쳐 나아갈 뿐이었다. 햇볕이 노인의 왼팔과 어깨 위에 앉아 있다가 이제는 등을 비추고 있었다. 그래서 노인은 고기가 북동쪽으로 방향을 돌린 것을 알았다.

노인은 고기를 한 번 보았기 때문에, 고기가 물속에서 그 멋진 보랏빛 가슴지느러미를 날개처럼 활짝 편 채 크고 꼿꼿한 꼬리를 흔들면서 어두운 물속을 가르며 나아가는 모양을 그려 볼 수 있었다.

'녀석의 눈이 굉장히 컸는데, 저렇게 깊은 데서 어느 정도 눈이 보이는 걸까. 전에 보니까, 말은 그보다 훨씬 작은 눈으로도 어둠 속에서 무엇이든 잘 보았다. 하긴 나도 전에는 어둠 속에서 썩 잘 볼 수 있었는데……. 아주 깜깜한 데서는 무리지만, 그래도 고양이만큼은 볼 수 있었다'고 생각했다.

햇볕이 따뜻한데다 손가락을 꾸준히 움직인 탓에 왼손의 쥐가 이제 완전히 풀렸다. 그래서 이제부터는 힘을 왼손에다 옮겨 놓기 시작했다. 등의 근육을 조금씩 움직여서 줄이 닿아

아픈 곳을 살살 풀었다.

"고기야, 만약 네가 지치지 않았다면……."

그는 소리 내어 말했다.

"너도 나만큼이나 참으로 이상하구나."

노인은 이제 지칠 대로 지쳐 있었다. 곧 밤이 될 것 같아서 노인은 다른 일을 생각하려고 했다. 그는 야구 리그를 떠올렸다. 그것을 '그랑 리가스(Gran Ligas)'라고 스페인어로 생각하자, 이어서 뉴욕 양키즈 팀과 디트로이트 타이거즈 팀의 시합이 있다는 것도 생각났다.

'오늘이 벌써 이틀째인데, 아직 시합의 결과도 모르고 있다니……. 그러나 자신을 가져야 한다. 뒤꿈치 뼈가 아프면서도 끝까지 시합을 해 내는 위대한 디마지오에게 부끄럽지 않도록 해야 된다. 그런데 뒤꿈치 뼈가 아픈 것을 무엇이라고 하지?' 하고 그는 자신에게 물었다.

'우리는 그런 병은 안 걸리는데. 그것은 싸움닭의 박차를 인간의 뒤꿈치에 박은 것만큼 아플까? 내가 그 정도라면 못 견딜 것이다. 싸움닭처럼 한쪽 또는 양 눈이 빠지면서까지 싸움을 계속하지는 못할 것이다. 훌륭한 새나 짐승에 비해 사람은 그리 대수로운 게 못 된다. 그래도 나는 저 컴컴한 바다 속에 있는 고기가 되고 싶다.'

"상어만 나타나지 않는다면……."

노인은 큰 소리로 말했다.

"상어가 나타나면 이제 너나 나나 끝이다."

'디마지오가 만약 나와 같은 상황에 처했다면, 내가 지금 이 녀석을 이겨 내는 것만큼 고기와 겨루어 낼 수 있을까? 물론 그럴 수도 있겠지. 그는 나보다 젊고 힘이 세니까 더 잘 버틸지도 모른다. 그리고 그의 아버지도 어부였으니까……. 그런데 발뒤꿈치 뼈를 다치면 그렇게 아픈 것일까?'

"내가 알게 뭐야."

그는 큰 소리로 말했다.

"나는 아직까지 발뒤꿈치가 아파 본 일이 없으니까."

해가 지자 노인은 자신에게 좀 더 자신감을 불어 넣으려고 노력했다. 노인은 카사블랑카에 있는 술집에서 센푸에고스에서 왔다는, 부두에서 가장 힘이 세다는 검둥이와 팔씨름하던 일을 기억해 냈다. 그때 그들은 테이블에 분필로 줄을 그은 다음 그 위치에 팔꿈치를 올려놓고 팔을 꼿꼿이 세웠다. 그리고 서로 손을 움켜잡은 채 하루 낮과 밤을 지냈다. 서로 상대방의 손을 테이블 위에 넘어뜨리려고 기를 썼다.

많은 사람들이 거기에 돈을 걸었고, 석유 불빛 아래서 웅성웅성하며 들락날락거렸다.

그는 검둥이의 팔과 손과 얼굴을 똑바로 바라보았다. 처음 여덟 시간이 지나자, 심판이 잠을 잘 수 있도록 네 시간마다 심판을 바꿨다. 그도, 검둥이도, 손톱 밑에서 피가 스며 나왔다. 그러나 두 사람은 서로 상대방의 눈과 손과 팔에서 눈을 떼지 않았다.

돈을 건 사람들은 초조한 심정으로 방을 들락거리며, 높은 의자에 걸터앉아서 시합을 지켜보았다. 판자로 된 벽은 하늘색으로 칠해져 있었으며, 램프불은 사람들의 그림자를 벽에 그려 댔다. 약한 바람에 불이 흔들릴 때마다 검둥이의 커다란 그림자가 흔들렸다.

밤이 새도록 승부는 나지 않았었다. 사람들은 검둥이에게 럼주를 먹이고 담배를 물려주었다. 술을 마신 다음 검둥이는 사력을 다해 안간힘을 쓰더니, 마침내 노인의 — 그때는 노인이 아니었다. — 아니, 산티아고 선수의 손을 거의 3인치 가량 눕혔다. 그러나 그도 죽을힘을 다해 다시 손을 세웠다. 그때 노인은 잘생기고 훌륭한 체력을 가진 이 검둥이를 이길 수 있다는 자신감이 생겼다.

새벽이 되자 돈을 건 사람들은 무승부 판결을 원했다. 하지만 심판이 이를 거부하며 고개를 가로저었다. 그때부터 그는 힘을 쥐어 짜내어 검둥이의 손을 점점 아래로 꺾어 내리다가 마침내 테이블에 닿게 만들었다.

결국 시합은 일요일 아침에 시작해서 월요일 아침에야 끝이 났다. 그때 돈을 건 사람들은 대부분이 부두에 나가서 설탕 부대를 지거나, 아바나 석탄 회사에 나가 일을 해야 하기 때문에 무승부가 되길 원했다. 그렇지만 않았다면 누구라도 시합

이 끝까지 가기를 원했을 것이다. 그러나 그는 모두가 일하러 가는 시간에 늦지 않도록 결말을 내 주었다.

그 일이 있은 후 사람들은 오랫동안 그를 챔피언이라 불렀고, 봄에는 복수전이 있었다. 그러나 사람들은 시합에 돈을 많이 걸지 않았고, 첫 시합에서 센푸에고스에서 온 검둥이의 기를 꺾어 놓았기 때문에 누구든 쉽게 이길 수 있었다.

그 후 그는 몇 차례 더 시합을 했으나 그뿐이었고, 다시는 시합을 하지 않았다. 왜냐하면 원하기만 하면 누구든지 이길 수 있다고 생각했고, 이런 시합이 결국에는 고기잡이를 해야 하는 오른손에 해롭다는 것을 알게 되었기 때문이다. 그래서 그는 왼손으로 몇 번 시합을 겨룬 일도 있었다. 그러나 왼손은 언제나 배반자였고, 주인이 시키는 대로 하려 들지를 않았다. 그때부터 노인은 왼손을 믿지 않게 되었다.

'따뜻한 햇볕을 쪼이면 쥐가 나을 테지. 밤에 몹시 추워지지만 않는다면, 두 번 다시 쥐가 나지 않을 거야. 그런데 오늘 밤엔 또 어떤 일이 생기려나?' 하고 노인은 생각했다.

마침 마이애미로 가는 비행기 한 대가 지나가자, 한 무리의 날치 떼가 비행기 그림자에 놀라 뛰어올랐다.

노인은 그 모습을 바라보며 이렇게 말했다.

"날치가 저렇게 많은 것을 보면 틀림없이 돌고래가 있을 거야."

그러고는 고기를 조금이라도 당길 수 있을까 싶어서 다시 한 번 줄을 잡아당겨 보았다. 그러나 더 이상 끌어당길 수도 없었고, 끊어질 듯 팽팽해진 줄은 부르르 떨면서 물방울을 튕겼다.

계속해서 배는 천천히 앞으로 나아가고 있었고, 노인은 비행기가 보이지 않게 될 때까지 그 뒤를 눈으로 따라가면서 생각했다.

'비행기를 타고 있으면 기분이 이상할 거야. 저렇게 높은 곳에서는 바다가 어떻게 보일까? 너무 높게만 날지 않는다면 고기도 잘 볼 수 있을 거야. 나도 한 번쯤은 비행기를 타고 200길 높이로 아주 천천히 날면서 고기들을 내려다보고 싶다.

거북잡이 배를 타고 돛대 꼭대기의 가름대에서 내려다보기도 했었는데, 그만한 높이에서도 제법 잘 보였어. 거기에서 보면 돌고래는 더 진한 초록빛으로 보였었지. 그리고 줄무늬며 보랏빛 얼룩도 보이고, 떼를 지어 헤엄쳐 나가는 고기들도 모두 볼 수 있었어.

깊은 물속에 사는 동작이 빠른 물고기들은 어째서 모두 등이 보랏빛이고, 대부분이 보랏빛 줄무늬나 얼룩을 가지고 있는 것일까?'

돌고래는 실제로 황금빛이기 때문에 노란색으로 보인다. 그러나 정말 배가 고파서 먹이를 먹을 때는 마치 마알린처럼 배에 보랏빛 줄무늬가 나타난다. 고기가 화가 나서 그런 것일까, 아니면 빠르게 속력을 내기 때문일까?

날이 어두워지기 직전에 배는 조그만 섬처럼 부풀어 오른 해초 곁을 지나갔다. 흔들흔들 일렁이는 모양을 보면, 마치 누런 담요 밑에서 누군가와 사랑을 주고받는 듯한 느낌이 들었다.

그때였다. 짧은 낚싯줄에 돌고래 한 마리가 물렸다. 처음 그놈을 본 것은, 그 돌고래가 마지막 햇빛을 받아 금빛으로 빛나면서 공중에서 사납게 몸을 틀며 펄떡거릴 때였다.

돌고래는 겁에 질려서인지 곡예비행을 하는 것처럼 이리저리 펄떡거렸다. 때문에 노인은 고물 쪽으로 조심조심 옮겨가서 몸을 웅크렸다. 그리고는 오른손으로 큰 줄을 잡고, 끌어들인 줄을 발로 밟아 가면서 왼손으로 줄을 당겼다.

고물 가까이까지 끌려온 고기는 거의 절망적으로 뛰어오르면서 날뛰었다. 노인은 고물 너머로 몸을 내밀고는, 보랏빛 반점이 어린 금빛 고기를 들어서 그대로 배에 던져 넣었다.

고기는 낚싯줄을 성급하게 물어뜯으려고 턱을 발작적으로 떨어 댔다. 그리고 길고 펑퍼짐한 몸뚱이와 꼬리와 머리로 뱃바닥을 세차게 쳐 댔다. 마침내 노인은 금빛으로 빛나는 머리를 몽둥이로 내리쳤다. 그러자 돌고래는 잠시 몸을 부르르 떨더니 이내 조용해졌다.

노인은 고기 입에서 낚싯줄을 빼내고는 그 줄에다가 다시 정어리 미끼를 매달아서 물속으로 던졌다.

먼저 왼손을 씻은 후 바지에 닦은 다음, 반대로 무거운 낚싯줄을 왼손으로 옮기고 나서 오른손을 바닷물에 씻었다. 그러면서 해가 바다 속으로 사라져 가는 모습과 굵은 줄이 비스듬히 드리워져 있는 것을 바라보았다.

"저 아래에 있는 고기는 조금도 지치지 않았군."

노인은 중얼거렸다.

그러나 손에 와 닿는 물의 저항감을 살펴보니, 눈에 띄게 속도가 느려진 것을 알 수 있었다.

"이젠 고물에다 노 두 개를 매달자. 그러면 밤새 고기의 속력이 떨어질 거야."

노인은 다시 중얼거렸다. 그러면서 노인은 생각했다.

"하지만 고기는 오늘 밤도 끄떡없을 테고, 나도 괜찮다."

'돌고래 피를 없애지 않으려면 조금 있다가 내장을 빼내야겠다. 돌고래에 칼질도 하고, 저 큰 고기 녀석이 끌기 힘들도록 노도 묶어 두자. 지금은 해질녘이니까 건드리지 말고 그냥 조용히 내버려 두는 것이 좋겠다. 어떤 고기든 해질 무렵에는 다루는 것이 쉽지 않으니까.'

노인은 바람에 손을 말린 후 다시 줄을 잡았다. 그리고는 될 수 있는 대로 몸을 편한 자세로 유지하려고 애를 썼다.

몸을 이물 쪽으로 젖힌 채 그냥 줄을 잡고 앉아 있는 것이 아니라, 고기가 배를 끄는 것이 쉽지 않도록 자세를 고쳐 앉은 것이다.

'이렇게 해서 또 새로운 방법을 하나씩 배우는구나. 어떤 상황에서든 써먹을 수 있는 방도가 있게 마련이지.'

노인은 생각했다.

'그리고 또 알아 두어야 할 것이 하나 있다. 녀석은 미끼를 물었을 때부터 아무것도 먹지 못했다. 게다가 덩치가 크니까 먹는 양도 많을 것이다. 하지만 나는 다랑어 한 마리를 다 먹었고, 내일은 또 돌고래를 먹을 것이다.'

노인은 돌고래를 '도라도'라고 불렀다.

'내장을 빼낼 때 조금 먹어 두어야겠다. 물론 다랑어보다 먹기가 힘들겠지만……. 그러나 이것저것 따지다 보면 세상에 수월한 일이 어디 있겠는가.'

"고기야, 좀 어떠냐?"

그는 소리 내어 물었다.

"나는 기분이 괜찮은 편이란다. 왼손도 많이 나았고, 하룻밤 하루 낮 동안 먹을 것도 마련되어 있다. 어디, 너 혼자 계속해서 배를 끌어 보려무나, 고기야."

그러나 사실은 전혀 괜찮은 기분이 아니었다. 등에 메고 있는 낚싯줄 때문에 너무나 고통스러웠다. 인정하고 싶지 않지만, 이제는 아픈 정도를 지나서 무감각 상태에 이르렀다.

하지만 노인은 자신을 다독거렸다.

'이보다 더한 경우도 있었는데……. 오른손에 상처가 좀 났을 뿐이고, 왼손의 쥐도 다 낫지 않았는가. 그리고 두 다리도 멀쩡하고, 게다가 식량 문제라면 내 편이 훨씬 유리하지 않은가.'

9월의 바다는 해가 떨어지기가 무섭게 어두워졌다. 주변은 벌써 어둑어둑했다. 노인은 이물 쪽 낡은 뱃전에 기대면서 될 수 있는 대로 편히 쉬려고 애를 썼다.

첫 별이 나타났다. 노인은 그 별의 이름이 '리겔'성(星)이라는 것을 몰랐지만, 그 별이 보이기 시작하면 곧 다른 별들도 나타나서 모두 자기의 친구가 되리라고 생각했다.

"물론 저 고기도 내 친구지……."

그는 소리 내어 말했다.

"하지만 이런 고기에 대해서는 내 평생 본 적도 들은 적도 없단 말이야. 그렇지만 나는 너를 죽이지 않을 수가 없구나. 이럴 땐 인간이 별을 죽일 필요가 없다는 것이 참으로 다행스러워……."

노인은 생각했다.

'날마다 사람이 달을 죽여야 한다고 상상해 보라. 아마 달은 보이지 않는 곳으로 달아나 버리고 말 것이다. 또 날마다 해를 죽여야 한다고 상상해 보라. 얼마나 큰 사건이 생길지, 생각만 해도 끔찍하다. 그러나 인간이 그러지 않아도 된다니, 이 얼마나 큰 행운이란 말인가.'

그러자 노인은 며칠 동안 아무것도 먹지 못한 큰 고기가 불쌍해졌다. 하지만 불쌍하다는 생각이 들면서도 고기를 죽이겠다는 결심은 조금도 사라지지 않았다.

'저 고기를 잡으면 도대체 몇 사람이 먹을 수 있을까? 그런데 사람들이 과연 저 고기를 먹을 자격이 있을까? 아니다, 물론 없다. 고기의 저 침착한 태도라든지 저 당당한 위엄을 보면 틀림없이 보통 고기는 아닐 것이다. 따라서 누구도 그것을 먹을 자격이 없다. 그러나 나는 이런 어려운 것은 잘 모른다. 그렇다고 하더라도 우리가 해나 달이나 별을 죽일 필요가 없다는 것은 얼마나 다행한 일인가. 그저 바다에 살면서, 우리 형제를 죽이는 것만으로도 충분하다.'

노인은 복잡한 생각을 일단 여기에서 멈추고 현실적인 문제로 되돌아왔다.

'자, 이제는 견인에 대해서나 생각해 봐야지. 여기엔 분명 장단점이 있다. 놈이 계속 달아나려고 용을 쓰는 가운데, 노로 만든 견인차가 제자리에 놓여 있어 배가 무거워진다면 녀석은 끝까지 발악하면서 줄을 한없이 끌고 갈 것이다. 그러면 줄이 너무 풀어져서 잘못하다가는 놈을 놓칠지도 모른다. 반대로 배가 가벼우면 서로의 고통은 연장되겠지만, 놈은 아직 발휘하지 않은 굉장한 속력을 낼 것이 분명하다. 그러므로 오히려 가벼운 편이 나에게는 안전할 것이다. 따라서 일이 어찌 되든지 간에, 나는 힘을 비축해 두지 않으면 안 된다.

때문에 돌고래가 상하기 전에 빨리 내장을 빼내 살점을 먹고 기운을 차려야겠다. 그리고 한 시간을 더 쉬고 나서, 녀석이 계속 버티고 있나를 살펴본 다음 결정을 내려야 할 것이다. 그러는 동안에 고기가 어떤 짓을 하는지, 또 무슨 변화가 있는지 알 수 있을 테니 말이다.

노를 묶어 둔 것은 단순한 요령이라고도 볼 수 있겠지만 이제는 안전을 우선으로 다뤄야 하기 때문이다. 아직도 녀석의 힘은 대단하다. 낚싯바늘이 입 한쪽에 걸려 있는데, 놈은 입을 꽉 다물고 있다. 저토록 큰 고기에게 낚시가 주는 고통은 대수로운 것이 아닐지도 모른다. 굶주림이라는 고통과, 알지도 못하는 대상과 싸우고 있다는 사실이 보다 중요할 테니까. 여보게, 늙은이. 이제는 좀 쉬고, 다음 할 일이 생길 때까지 녀석을 그냥 내버려 두는 게 좋을 것 같네.'

노인은 두 시간 가량 휴식을 취했다. 오늘은 늦도록 달이 뜨지 않아서 시간을 알아 낼 방법이 없었다. 게다가 실제로 그는 몸을 쉰 것이 아니라 고기가 끄는 힘을 양 어깨로 버티고 있었다. 그러나 이제 왼손으로 이물의 뱃전을 잡고서, 스스로의 힘이 아닌 배 전체로써 고기의 무게를 감당하려 했다.

'만약 이 줄을 고정시킬 수만 있다면, 일은 얼마나 간단하겠는가. 그러나 그렇게 하면 고기가 조금만 요동을 쳐도 단번에 줄이 끊어져 버릴 것이다. 내 몸으로 버텨서라도 줄이 끌려가는 것을 어느 정도 막아 내고, 언제든지 양손으로 줄을 풀어 낼 수 있도록 준비하고 있어야만 한다.'

노인은 이렇게 생각했다.

"하지만 늙은이, 자네는 어제부터 잠을 자지 못했어."

그가 소리 내어 말했다.

"반나절과 하룻밤, 그리고 또 하루가 지나도록 한숨도 못 잤어. 그러니까 고기가 저렇게 잠잠하게 있는 동안 조금이라

도 잘 궁리를 해야 해. 조금이라도 잠을 자 두지 않으면 머리
가 흐려질 테니 말이야."

'하지만 내 정신은 아주 말짱한데, 뭐. 너무나 맑고 명료해
서 먼 곳에 있는 친구인 별들처럼 초롱초롱하다. 하지만 역시
자야 되겠다. 별도, 달도, 해까지도 잠을 자지 않는가.'

노인은 생각했다.

조류가 없는 조용한 날이면 심지어 바다마저도 이따금 잠
을 자는 걸 노인은 보아 왔었다. 그러니 잠자는 것을 잊어서는
안 된다고 그는 생각했다. 억지로라도 자도록 해야 할 것이다.

그리고 이 낚싯줄에 대해서는 좀 쉬우면서도 확실한 방도가 없는지 강구해 봐야 할 것만 같았다.

이제 고물로 가서 돌고래를 요리할 시간이다. 잠을 자려면 노를 비끄러매어 닻처럼 만들어 두는 것이 좋을 것 같지만 그것은 위험천만한 일이다.

"나는 자지 않아도 견딜 수 있어."

그는 스스로를 위로했다. 그러나 그것은 너무나 위험한 일이다.

그는 고기에게 조그만 충격이라도 줄까 봐 조심하며 양손과 무릎으로 기어서 배 뒤편으로 돌아가기 시작했다. 그는 어쩌면 자기가 지금 반쯤은 자고 있는지도 모른다고 생각했다. 그러나 고기를 쉬게 하고 싶지는 않았다.

'놈이 죽을 때까지 끌어야 하고말고.'

고물로 돌아온 노인은 몸을 돌려서 왼손으로 어깨에 멘 줄을 잡았다. 그리고 오른손으로 칼집에서 칼을 뽑았다. 별빛이 밝아지자 돌고래가 똑똑히 보였다.

그는 칼날로 돌고래 머리를 찔러서 고물 밑창에서 놈을 꺼냈다. 한쪽 발로 몸통을 밟고 항문에서 아래턱 끝까지 재빨리 배를 갈랐다. 칼을 내려놓고, 오른손으로 내장을 빼내고 난 뒤 아가미를 말짱하게 뜯어냈다. 손에 만져지는 밥통이 묵직하고 미끈미끈했다. 그것을 가르자 그 속에서 날치가 두 마리나 나왔다. 날치는 아주 싱싱하고 단단했다. 노인은 그것을 나란히 내려놓고, 내장과 아가미를 꺼내어 뱃전 너머로 던져버렸다. 그것이 물 위에 인광의 꼬리를 남기며 가라앉았다.

돌고래의 몸통은 차디찼다. 그리고 비늘의 빛깔은 별빛을 받아 희끄무레했다. 노인은 오른쪽 발로 고기의 머리를 누르고 한쪽의 껍질을 벗겼다. 그리고 다시 그것을 뒤집어서 다른 쪽의 껍질을 마저 벗긴 다음 머리에서 꼬리까지 살을 저몄다.

그는 고기 뼈를 물속에 던지며 소용돌이가 생기는가를 살폈다. 그러나 그것은 희미한 빛을 남기며 천천히 가라앉을 뿐이었다.

그는 몸을 돌렸다. 돌고래의 저며 낸 살점 가운데다 날치 두 마리를 끼워 놓고, 칼을 칼집에 꽂았다. 그리고는 천천히 이물 쪽으로 기어서 되돌아왔다. 노인의 등은 낚싯줄의 무게 때문에 꾸부정했다. 그는 오른손에 고기를 들고 있었다.

이물로 돌아온 노인은 판자 위에다 돌고래 살점을 내려놓고, 그 옆에다 날치를 놓았다. 그런 다음에 어깨에 메고 있던 줄의 위치를 바꾸고, 뱃전에 올려놓았던 왼손으로 그 줄을 단단히 잡았다.

그는 뱃전에 몸을 기댄 채 손에 와 닿는 물의 속도를 주시하면서 날치를 물에다 씻었다. 고기 껍질을 벗기느라 손에 인광이 묻었는데, 거기에 닿는 물결을 가만히 보고 있었다. 물결은 먼저보다 상당히 약해졌다. 손을 널빤지에 문지르니까 인광 조각들이 수면에 떨어져서 배 뒤로 천천히 흘러갔다.

"녀석이 지쳤거나 쉬고 있는지도 모르지."

노인이 말했다.

"자, 이젠 나도 이 돌고래 고기를 먹은 다음 좀 쉬거나 잠을 자야겠다."

밤이었고, 날씨는 점점 추워지고 있었다.

별빛 아래서 노인은 아까 집어온 돌고래 살점 중에서 한쪽의 반을 먹고, 내장과 머리 쪽을 떼어 버린 날치 한 마리를 마저 다 먹었다.

"돌고래는 요리를 잘하면 참 맛있는 고기인데."

그는 중얼거렸다.

"그런데 날로 먹으면 형편없단 말이야. 앞으로는 배를 탈때 소금이나 레몬을 꼭 가지고 타야겠어."

'하지만 조금만 더 머리를 썼더라면 아까 낮에 뱃전에 바닷물을 적셔 놓았다가 말려서 소금을 만들 수도 있었을 텐데. 그러나 돌고래를 낚았을 때는 벌써 해질 무렵이 아니었던가. 그래도 역시 준비가 부족했어. 하지만 생살도 잘 씹어서 먹으니까 그다지 역겹지는 않군.'

노인은 이런 생각을 했다.

동쪽 하늘에 구름이 덮이는가 싶더니 이내 별들이 하나 둘씩 사라졌다. 마치 거대한 구름의 골짜기로 빨려 들어가는 것만 같았다. 바람도 매우 잦아졌다.

"사나흘 후에는 날씨가 나빠지겠는걸."

노인은 계속해서 말했다.

"그러나 오늘 밤이나 내일 밤까지는 괜찮아. 여보게, 늙은이. 이제 생각은 그만하고 고기가 잠잠해진 동안 잠이나 좀 자 두도록 하지."

노인은 오른손으로 줄을 단단히 잡고 몸 전체의 무게를 이물의 판자로 옮기면서 허벅다리를 오른손에다 갖다 댔다. 그리고는 낚싯줄을 어깨에서 약간 아래로 낮추고 왼손을 그 위에 얹어서 줄을 팽팽하게 당겼다.

'내 오른손은 줄이 팽팽한 동안은 끝까지 잡고 있을 수 있을 거야. 만일 잠이 든 동안 줄이 느슨해지면, 줄이 풀려 나가는 순간 왼손이 나를 깨울 거고. 오른손은 왼손보다 좀 더 힘이 들겠지만 고통을 이겨 내는 데 익숙하니까 괜찮을 거야. 그러니 한 20분이나 30분 정도 자도 좋을 것 같다'라고 그는 생각했다.

그는 온몸의 무게를 다시 오른손에 의지한 채 몸 전체를 낚싯줄을 향해 앞으로 웅크리고 잠이 들었다.

노인은 사자 꿈을 꾸지 않은 대신, 8마일이나 10마일쯤 해면을 덮고 있는 돌고래의 꿈을 꾸었다. 놈들은 한창 교미기여서 공중으로 높이 뛰어올랐다가는 뛰어오를 때 생긴 구멍으로 다시 들어가 버리곤 했다.

그러다가 마을로 돌아와 침대에서 자는 꿈을 꾸었다. 날씨는 북풍이 불어서 무척 추웠으며, 베개 대신 팔을 베고 잤기 때문에 오른팔이 저렸다.

그런 다음에는 예외 없이 길게 뻗은 황금 해안에 대한 꿈을 꾸기 시작했다. 아직 어둡지 않은 어둑어둑한 해안으로 앞장선 사자가 내려오고, 다른 사자들이 그 뒤를 따라 내려오는 것을 보았다. 노인은 바다 앞쪽으로 부는 미풍을 받으며 턱을 괴고 앉아서 흐뭇하게 즐기며, 더 많은 사자가 나타나기를 기다렸다.

달이 뜬 지도 벌써 오래되었으나, 그는 계속 잠을 자고 있었다. 고기는 쉬지 않고 낚싯줄을 끌어가고 있었으며, 배는 구름의 터널 속으로 끌려 들어갔다.

그때였다. 갑자기 오른손 주먹이 세게 끌리며 얼굴을 탁 치더니, 오른손 바닥이 뜨겁게 탈 정도로 줄이 급하게 풀려 나갔다. 왼손에는 아직 아무런 감각이 없었으므로 그는 오른손에 힘을 모으면서 줄이 풀려 나가지 못하도록 힘껏 막았다.

줄은 무서운 속도로 풀려 나갔다. 드디어 왼손도 줄을 찾아내서 잡아당겼다. 그러자 등과 왼손이 동시에 화끈 달아올랐고, 왼손에 힘을 주려고 했으나 마음대로 되지 않았다. 예비 낚싯줄을 돌아보니 순조롭게 풀려 나가고 있었다.

바로 그때 고기가 굉장한 소리를 내면서 뛰어올랐다가 무겁게 떨어졌다. 그러더니 연달아 뛰어오르기 시작했고, 줄은 계속해서 빠르게 풀려나갔다. 그럼에도 불구하고 배는 계속 빠른 속도로 끌려갔다.

노인은 줄이 팽팽해지도록 바싹 당겼다가, 풀려 나가면 또 팽팽하게 잡아당기곤 했다. 그는 엉겁결에 이물에 바싹 끌려가 있었으므로 돌고래 살점에 얼굴을 처박은 채 꼼짝도 할

수가 없었다.

'이제 기다리던 일이 드디어 일어났군. 그러니 이제는 모든 일을 침착하게 받아들이고, 낚싯줄 값을 치르게 해야지. 암, 낚싯줄 값을 치르게 해야 하고말고'

그는 고통을 잊으려고 그런 생각도 했다.

노인은 고기가 뛰어오르는 것은 보지 못하고, 그저 바닷물이 갈라지는 소리와 고기가 떨어질 때마다 물이 철썩거리는 소리를 들었을 뿐이었다. 낚싯줄이 하도 빨리 풀리는 바람에 손을 심하게 베었지만, 이런 일은 언제나 일어날 수 있는 일이었기 때문에 그는 될수록 굳은살이 생긴 부분에만 줄이 닿도록 하여 손가락을 다치지 않게 하려고 애를 썼다.

'이럴 때 소년이 여기 있었다면 낚싯줄 사리를 적셔 주었을 텐데. 그래, 그 아이가 여기 있었다면. 그 애만 여기 있었다면……' 하고 그는 생각했다.

낚싯줄은 잇달아 풀려 나가고 있었으나 차츰 그 속도가 떨어지고 있다는 것이 느껴졌다. 노인은 고기가 조금이라도 여유 있게 줄을 끌게 하려고 배려하면서, 돌고래 살점에 처박혔던 얼굴을 살며시 들었다. 그리고 무릎을 세우면서 천천히 일어섰다.

그는 여전히 줄을 풀고 있었지만, 차츰 천천히 풀었다. 그는 발로 더듬어서 낚싯줄 사리가 있는 곳으로 갔다. 아직도 줄은 충분히 남아 있었다. 그러나 이제는 고기가 물속으로 끌고 들어간 줄을 끌어들이지 않으면 안 되는 상황이었다.

'그렇지! 게다가 녀석이 여남은 번이나 뛰어올라 등뼈에 있는 바람주머니를 공기로 가득 채웠으므로, 이제는 내가 끌어당길 수 없을 만큼 깊이 내려가서 죽을 염려는 없을 것이다. 곧 녀석이 주위를 뱅글뱅글 돌기 시작할 테니까, 그때 놈을 좀 다루어 봐야지. 그런데 왜 그렇게 갑자기 뛰어올랐을까?

배가 고파서 갑자기 자포자기 상태에 빠진 것일까? 아니면 죽음의 암흑 속에서 무엇인가를 보고 놀란 것일까? 아마, 갑자기 두려움을 느꼈는지도 모른다. 하지만 침착하고 당당하고, 겁도 없고 자신만만해 보였는데……. 참으로 이상한 일이다' 하고 그는 생각했다.

"여보게, 늙은이. 자네나 무서워하지 말고 자신을 갖게나."

그는 멋쩍은 듯한 목소리로 중얼거렸다.

"고기는 내 손에 쥐고 있지만 당겨지지는 않는군. 그러나 곧 돌기 시작할 거야."

노인은 다시 왼손과 양 어깨로 줄을 붙잡았다. 그리고 엎드린 채 오른손으로 바닷물을 떠서 얼굴에 짓이겨진 돌고래 살점을 씻어 냈다. 그대로 놔두면 구역질로 인해 토하게 되어 힘이 빠져 버릴 것이 두려웠기 때문이다.

얼굴을 씻은 다음, 이번에는 뱃전 너머로 오른손을 물속에 담가 씻었다. 손을 그대로 바닷물에 담근 채 해뜨기 전에 훤하게 먼동이 터 오는 모습을 바라보았다.

'고기가 동쪽으로 머리를 두고 있군. 그것은 고기가 지쳐서 조류를 따라 가고 있다는 증거다. 곧 빙글빙글 돌지 않을 수 없을 거야. 그때 가면 진짜 우리들의 싸움이 시작되는 거다'

하고 노인은 생각했다.

노인은 오른손을 충분히 물에 담갔다고 생각하고, 오른손을 꺼내 살펴봤다.

"그만하면 됐어."

그는 말했다.

"사나이가 이 정도 아픈 것을 가지고, 뭐."

그는 새로 생긴 상처에 낚싯줄이 닿지 않게 조심하면서, 다시 줄을 고쳐 쥐고는 몸의 무게를 다른 쪽으로 옮겼다. 그리고는 왼손을 반대쪽 뱃전 너머로 내밀어 물에 담갔다.

"네가 가치 없는 짓을 하느라고 이렇게 심하게 다친 것은 아니야."

노인은 자기의 왼손을 향해 말했다.

"그러나 네가 어디로 갔는지 알 수 없을 때가 종종 있단 말이다."

그러면서 노인은 생각했다.

'왜 나는 두 손이 다 튼튼하게 태어나지 못했을까? 물론 그동안 오른손만 주로 쓰고, 왼손을 제대로 훈련시키지 못한 내 잘못도 있을 거야. 그러나 배울 기회는 얼마든지 있었던 게 아닌가. 하지만 단 한 번 쥐가 나긴 했어도, 간밤에는 잘해

주었는데. 만약 다시 한 번 쥐가 난다면 왼손 너는 낚싯줄에 잘리도록 내버려 둘 거야.'

그런 생각을 하면서도 그는 자신의 머릿속이 맑지 못하다는 것을 깨달았다. 그래서 돌고래를 좀 더 먹어야겠다고 생각했다.

"그러나 먹을 수가 없어. 괜히 몇 점 더 먹었다가 구토로 기운이 빠지는 것보다는 머리가 좀 어지러운 편이 나을 거야. 게다가 얼굴을 그 속에 처박기까지 했으니, 지금 와서 그 고깃점을 먹는다고 해도 토해 낼 것이 틀림없어. 상할 때까지 그저 비상용으로 놓아두자. 이제 영양분을 섭취해서 기운을 얻기에는 너무 늦었어. 이런! 너란 놈은 참 어리석기도 하구나."

노인은 혼자 중얼거리며 날치를 바라보았다.

'한 마리 남은 저 날치를 먹어야겠다.'

날치는 언제든지 먹을 수 있게끔 깨끗하게 씻겨져 있었다. 노인은 그것을 왼손으로 집은 뒤, 뼈를 조심스레 씹으며 꼬리까지 몽땅 먹어 버렸다.

'날치는 어떤 고기보다도 영양분이 많은 고기니까 적어도 내게 필요한 힘을 줄 수 있을 거야. 나는 이제 내가 할 수 있는 일은 다 했어. 고기가 회전하도록 유도하여 싸움이나

해보자' 하고 노인은 생각했다.

　노인이 바다로 나온 후 세 번째로 해가 솟아오르고 있었다. 그리고 그때서야 비로소 고기가 둥그런 원을 그리며 돌기 시작했다.

　하지만 낚싯줄의 경사만 보아서는 고기가 돌고 있는지 어떤지를 알 수가 없었다. 아직은 너무 일렀기 때문이다. 그는 고기가 줄을 끄는 힘이 약간 약해진 것을 느끼고 오른손으로 가만히 당기기 시작했다. 여전히 줄은 팽팽했으나 금방 끊어질 것같이 생각된 순간 약간 늦추어지는가 싶더니 끌려들기 시작했다.

그는 양 어깨와 목에서 줄을 벗긴 다음 천천히 그리고 조심조심 끌어당기기 시작했다. 그는 두 손을 앞뒤로 휘두르는 동작을 취하면서 몸과 두 다리를 이용하여 최대한 줄을 많이 끌어당기려고 애를 썼다. 그의 늙은 다리와 어깨가 줄을 끌어당기는 동작의 중심이 되었다.

"굉장히 크게 도는데."

그는 혀를 내둘렀다.

"그러나 저 녀석이 지금 돌고 있는 것만은 틀림없어."

그러나 줄이 더 이상 끌려오지 않았다. 그는 줄에서 구슬처럼 튄 물방울이 햇빛을 받아 반짝 빛나면서 떨어지는 것을 바라보았다.

이윽고 줄이 풀려 나가기 시작하자 그는 무릎을 꿇은 다음 마지못해서 어두운 물속으로 다시 줄을 놓아 주었다.

"녀석은 지금 회전하는 원이 먼 끝을 돌고 있는 중이야."

그는 말했다.

하지만 될 수 있는 대로 줄을 늦추지 말고 당기고 있어야겠다고 생각했다.

'조금이라도 당기고 있으면 돌 때마다 회전거리가 단축될 것이다. 어쩌면 한 시간 후에는 그 엄청난 고기를 볼 수 있을지도 모른다. 이제는 저 고기에게 혹독한 맛을 보여 줄 때가 왔다.'

그러나 고기는 계속해서 천천히 돌고 있었다. 그런 상태로 두 시간이 지나자, 노인은 온몸이 땀으로 흠뻑 젖고 뼛속까지 지쳐 버렸다. 그러나 회전거리가 아까보다 많이 줄어들었고, 낚싯줄의 경사도로 보아 고기가 헤엄치면서 줄곧 수면 위로 떠올라오고 있음을 알 수 있었다.

노인은 한 시간 전쯤부터 눈앞에서 검은 반점이 어른거리는 것을 느꼈고, 땀이 흘러들어 눈 위의 상처와 앞이마의 상처가 쓰라렸다. 그는 눈앞에서 어른거리는 검은 반점 따위는 전혀 두려워하지 않았다. 그런 현상은 그가 줄을 당기느라 애를 쓸 때면 으레 나타나는 것이었기 때문이다.

그러나 벌써 두 번이나 아찔한 현기증이 나고 눈앞이 아찔했다. 노인은 그것이 걱정스러웠다.

"이런 고기를 잡지 못하고 죽어 버릴 수야 없지."

그는 스스로에게 다짐하듯 말했다.

"이제 곧 저 멋진 비늘이 보일 거다. 하느님, 제발 제 육신이 잘 견딜 수 있도록 도와주십시오. 주님의 기도와 성모송을 백 번 외우겠습니다. 하지만 지금은 못 외우겠습니다."

'어떻게 지금 외우겠는가. 틀림없이 나중에 외울 것이다'라고 그는 생각했다.

바로 그때 두 손으로 움켜잡고 있던 줄이 느닷없이 억센 힘으로 왈칵 당겨졌다. 그 느낌이 매우 날카롭고 무거웠다.

'녀석은 지금 철사로 된 목줄을 그 창날 같은 주둥이로 치고 있을 거야.'

노인은 생각했다.

그것은 언젠가는 오고야 말 일이며, 그럴 수밖에 없는 일이었다. 그러나 그렇게 되면 고기가 갑자기 뛰어오를지도 모르므로, 저 스스로 도는 걸 계속하도록 그냥 놓아두는 것이 나을 것이다. 공기가 필요해서 뛰어오를 필요도 있겠지만, 그러나 그럴 때마다 낚시에 찔린 상처가 더욱 넓어져서 어느 순간에 낚시가 빠져나갈지도 모르기 때문이다.

"뛰지 마라, 고기야."

그는 당부하듯 말했다.

"제발 뛰지 마라."

고기는 대여섯 번이나 더 낚싯줄을 쳤으며, 그럴 때마다 노인은 줄을 조금씩 풀어 주었다.

'고기의 고통을 이 정도로 유지시켜야 한다. 내 고통 따위는 문제도 안 된다. 나는 스스로 고통을 억제할 수 있지만, 고기는 지금보다 더 고통스러워지면 성이 나서 날뛸지도 모른다'고 노인은 생각했다.

잠시 후 고기는 낚싯줄에 부딪치는 동작을 멈추고, 다시 완만하게 원을 그리며 천천히 돌기 시작했다. 노인도 쉬지 않고 줄을 끌어당겼다. 그러나 그는 또다시 정신이 아찔해지면서 현기증이 나는 것을 느꼈다.

그는 왼손으로 바닷물을 퍼서 머리를 적셨다. 그리고 몇 번을 더 퍼서 머리를 적시고는 손으로 목덜미를 문질렀다.

"그래도 쥐는 나지 않으니까."

그는 말했다.

"이제 곧 고기가 올라올지도 모른다. 물론 나는 끝까지 견딜 수 있다. 아니, 견뎌야만 한다. 그건 말할 필요도 없이 너무나 당연한 일이다."

그는 뱃머리에 몸을 의지하고 무릎을 꿇었다. 그리고 잠시 동안 줄을 등에서 내렸다. 고기가 먼 쪽을 돌고 있는 동안 좀 쉬었다가 가까이 오면 다시 힘을 내서 싸워야겠다고 마음

먹었다.

노인은 뱃머리에 앉아 쉬면서 줄을 당기지 않고 고기를 멋대로 내버려 두고 싶은 생각이 간절했다. 그러나 그런 생각도 잠시뿐이었다.

줄이 당겨진 상태로 보아 고기가 회전을 하면서 배 쪽으로 방향을 바꿨다는 생각이 들자 벌떡 일어섰다. 그리고는 줄을 잡아끌면서 베를 짜는 것 같은 동작으로 내보냈던 줄을 모두 거둬들였다.

'이렇게 피곤하긴 처음인걸. 이제 무역풍이 부는군. 이 바람이 불면 고기를 끌어들이는 것이 유리하지. 나에게는 너무나 절실하게 필요한 바람이다' 하고 그는 생각했다.

"고기가 다음 회전을 하기 위해 헤엄쳐 나가면, 그때는 쉬어야지."

노인은 스스로를 달래듯 중얼거렸다.

"그래도 기분이 한결 좋아졌어. 두세 번만 더 돌고 나면 끌어들일 수 있을 거야."

노인은 밀짚모자를 뒤통수에 얹고, 뱃머리에 몸을 나직하게 숙이고 앉아 고기가 회전하는 것을 감지하면서 다시 줄을 끌어당겼다.

'고기야, 너는 지금 힘차게 움직이고 있구나. 하지만 네가 되돌아왔을 때 기회를 봐서 잡으마.'

그는 각오를 단단히 했다.

파도가 제법 높이 일고 있었다. 그러나 그것은 좋은 날씨를 예고하는 미풍 때문에 일어나는 현상이었다. 그리고 무사히 집으로 돌아가는 데 필요한 바람이었다.

"뱃머리를 남서쪽으로 돌리면 되는 거야."

그는 말했다.

"바다에서 길을 잃는 일은 없지. 게다가 쿠바는 아주 기다란 섬이니까."

고기가 세 번째 회전을 했을 때 노인은 고기를 보았다. 처음에는 배 밑으로 지나가는 검은 그림자를 보았는데, 도저히 믿을 수 없을 만큼 그 길이가 길어서 지나가는 데 상당한 시간이 걸렸다.

"아냐."

노인은 고개를 저었다.

"저렇게 클 리가 없어!"

그러나 그 고기는 실제로 그만큼 컸고, 원을 다 그린 후에 배에서 겨우 30야드 떨어진 물 위로 떠올랐다. 그때 노인은

물 밖으로 나온 고기의 꼬리를 보았다.

연보랏빛 꼬리는 낫의 날보다도 더 길었고, 짙푸른 물을 배경으로 하여 우뚝하게 나와 있었다. 꼬리는 뒤로 비스듬히 기울어져 있었다. 고기가 수면 바로 아래를 헤엄치기 시작하자, 비로소 노인은 그 거대한 몸체와 그것을 둘러싸고 있는 보랏빛 줄무늬를 볼 수 있었다. 등지느러미는 아래로 늘어져 있고, 거대한 가슴지느러미는 양쪽으로 활짝 벌려져 있었다.

이번 회전에서 노인은 고기의 눈과 두 마리의 회색 빨판상어가 나란히 붙어 헤엄쳐 다니는 것을 볼 수 있었다. 두 마리의 상어는 그 고기한테 달라붙어 있다가 떨어지기도 했지만, 또 어떤 때는 큰 고기의 뒤를 따라 유유히 헤엄쳤다. 두 마리 다 3피트 가량의 길이였지만 빨리 헤엄칠 때는 온몸을 뱀장어처럼 맹렬하게 움직였다.

노인은 땀을 흘리고 있었다. 그것은 비단 햇볕이 뜨거워서만이 아니었다. 고기가 되돌아올 때마다 그는 줄을 잡아당겼으며, 이제 두 바퀴만 더 돌면 작살을 꽂아 넣을 수 있으리라고 확신했다.

'그러나 좀 더 가까이, 아주 바싹 끌어와야 해. 그리고 머리에 작살을 꽂으려고 해선 안 돼. 단 한 번에 심장을 찔러야 하고말고.'

"늙은이, 침착하고 대담하게 굴어라. 그리고 좀 더 힘을 내." 그는 말했다.

고기는 다음 회전 때 등을 물 밖으로 내밀었다. 그러나 거리가 좀 멀었다. 또 다음 회전 때도 역시 거리가 멀었으나, 훨씬 더 두드러지게 물 위로 몸을 드러냈다. 노인은 조금만 더 줄을 끌어들이면 고기를 배와 나란히 되게 할 수 있다고 확신했다.

그는 작살을 이미 준비해 두었었다. 작살에 달린 가는 밧줄이 둥근 바구니 안에 들어 있었으므로, 그 줄 끝을 이물의 말뚝에 단단히 매어 두었었다.

고기는 둥근 원을 그리면서 그 아름다운 모습을 드러내며 천천히 다가오고 있었다. 그런데 간혹 커다란 꼬리만 움직일 뿐이었다. 노인은 고기를 배 가까이로 몰아오려고 있는 힘을 다해 끌어당겼다. 고기는 잠깐 동안 배를 드러내고 나서 약간 뒤척거렸다. 그러나 잠시 후 몸을 바로 하더니 다시 회전을 시작했다.

"저것 봐. 내가 녀석을 움직였다."

노인은 기분이 무척 좋아졌다.

"내가 움직이게 해서 배를 드러냈던 거야."

그는 또다시 현기증이 났으나 있는 힘을 다해서 고기를 붙잡고 있었다.

"내가 녀석을 움직였다. 아마 이번에는 끝장낼 수 있을 거야. 손아, 줄을 당겨라. 다리야, 버텨라! 머리야, 나를 위해 마지막까지 견뎌다오! 정신을 잃는 일은 없어야 한다. 이번에는 반드시 고기를 끌어올 테다."

그는 간절한 마음으로 중얼거렸다.

고기가 배 가까이로 오기도 전에 온 힘을 다해서 고기를 끌어당기려고 했지만, 고기는 약간 뒤뚱거렸을 뿐 다시 자세를 바로잡고 헤엄쳐 나갔다.

"고기야."

노인은 말했다.

"고기야, 너는 어차피 죽을 운명이야. 그렇다고 나마저 죽여서야 되겠니?"

'그렇게는 안 되지' 하고 노인은 생각했다.

입이 말라서 소리 내어 말을 할 수도 없었으나, 이젠 물 있는 데까지 갈 힘도 없었다.

"이번에는 틀림없이 뱃전으로 끌어와야 해. 녀석이 계속 돈다면 내 몸이 견디지 못할 거야. 아니, 그래도 견뎌야만 해."

노인이 중얼거렸다.

또다시 고기가 회전을 시작했다. 그때는 거의 고기를 잡을 뻔했으나, 고기는 또다시 자세를 바로잡고 유유히 헤엄쳐 나가 버렸다.

'네가 나를 죽이는구나, 고기야. 그러나 네게는 그럴 만한 권리가 있다. 나는 일찍이 너처럼 크고 아름답고 침착하고 위엄이 있는 고기를 본 적이 없다. 그래서 네가 날 죽인다 해도 조금도 서운할 것 같지가 않다. 자, 어서 와서 날 죽여라! 누가 누구를 죽이건 무슨 상관이란 말이냐. 이제 머릿속이 혼미해지고 있구나. 머리를 좀 식혀야지. 머리를 식히고, 어떻게 하면 끝까지 인간답게 고통을 견딜 수 있는지 생각해 봐야겠다. 안 그러면 저 고기처럼이라도 말이다.'

노인은 생각했다.

"머리야, 정신 차려라!"

그는 자기 자신도 알아들을 수 없을 만큼 가냘픈 목소리로 말했다.

"정신 차리라니까!"

고기는 이후로도 두 번이나 더 회전을 했으나 형세는 마찬가지였다.

'이젠 더 이상 모르겠다' 하고 노인은 생각했다. 그때마다 그는 의식을 잃고 기절할 것 같은 상태에 빠지곤 했다.

'뭐가 뭔지 모르겠다. 그러나 다시 한 번만 더 해 보자.'

그는 한 번 더 힘을 써 보았다. 마침내 고기가 뒤뚱거렸다. 순간 그 자신도 정신이 아득해짐을 느꼈다. 그래도 결과는 마찬가지였다. 고기는 다시 몸을 바로잡고 거대한 꼬리를 휘저으며 또다시 유유히 헤엄쳐 가 버렸다.

한 번 더 해 보겠다고 노인은 결심했다. 그러나 이제 두 손은 엉망진창으로 짓무르고 눈도 가물가물해져 잘 보이지 않았다.

다시 한 번 해 보았으나 마찬가지였다.

그는 생각했다.

"힘을 주려고 하기도 전에 의식이 몽롱해져 기절할 것만 같다. 그러나 다시 한번 해 보자."

그는 혼미한 정신 속에서 습관적으로 중얼거렸다.

노인은 고통을 억누르려고 갖은 애를 다 썼다. 자신의 남은 힘과 옛날에 가졌던 긍지까지 다 동원하여 고기의 마지막 고통과 맞섰다.

고기는 노인의 곁으로 유유히 헤엄쳐 다가왔다. 뱃전에 주둥이가 닿을락말락했다. 어마어마하게 길고 두껍고 넓은 몸체에 보랏빛 줄무늬가 보였다. 그리고 온몸이 온통 은빛으로 빛나는 엄청나게 큰 고기가 배를 지나쳐 가려 했다.

노인은 손으로 잡고 있던 줄을 놓으며 우뚝 섰다. 그리고는 할 수 있는 한 작살을 높이 쳐들었다. 그런 다음 있는 힘을 다해서, 아니 그 이상의 힘을 내서 사람의 가슴 높이만큼 겨누어 옆구리를 내리 찔렀다.

노인은 쇠 작살이 살 속에 파고드는 것을 느끼면서, 고기의 몸속에 작살이 더 깊이 박히도록 몸의 무게를 모두 실었다.

    그러자 고기는 자신이 죽게 되었음을 느꼈던지, 마지막 기운을 내어 물 위로 높이 솟구쳤다. 그리고는 마침내 거창한 몸길이와 넓이를, 그 힘과 아름다움을 아낌없이 보여 주었다.
    그것은 배 안에 서 있는 노인의 머리보다도 높아, 마치 공중에 매달린 것처럼 보였다. 그리고는 철썩 떨어지더니, 물을 사방으로 튀기며 노인과 배에 물보라를 흠뻑 덮어씌웠다.
    노인은 의식이 몽롱해지면서 구역질이 나는 것을 느꼈다. 이제는 앞도 잘 볼 수가 없었다. 그러나 그는 작살의 줄을 벗겨진 두 손으로 쉬지 않고 조절하며 천천히 풀어 주었다.

가까스로 눈앞이 보였을 때, 고기가 물 위로 은빛 배를 드러내 놓고 뒤집혀져 있는 것을 보았다.

작살 자루가 고기의 어깨 쪽에 삐죽이 찔려 있었고, 바다는 고기의 심장에서 흘러나온 피로 붉게 물들고 있었다.

처음에 피는 깊이 1마일이 넘는 바다의 푸른 물에 고기 떼가 밀려드는 것처럼 시꺼멓게 보였으나, 곧 구름처럼 퍼져 나갔다. 은빛으로 빛나던 고기의 몸뚱이는 이제 조용한 물결에 둥실 떠 있었다.

노인은 가물거리는 눈으로 그 광경을 유심히 바라보았다. 그런 다음, 작살 줄을 뱃머리의 말뚝에 두어 번 감아 놓고는 머리를 두 손으로 감쌌다.

"정신을 차려야지."

그는 뱃머리에 기대면서 중얼거렸다.

"나는 너무나 지쳐 버린 늙은이다. 하지만 나는 방금 내 형제인 이 고기를 죽였고, 이제부터 뒤처리를 해야 한다."

'이젠 고기를 뱃전에다 붙들어 맬 수 있도록 올가미와 밧줄을 준비해야지. 만약 지금 배 안에 사람이 있다 해도, 저 고기를 배에 싣는 것은 불가능한 일일 거야. 왜냐하면 고기를 배에다 실을 때 배에 물이 찰 것이고, 아무리 열심히 물을 퍼낸다

해도 이 배로는 도저히 감당할 수 없으니까. 고기를 배 가까이로 끌어와서 밧줄로 잘 묶은 다음, 돛대를 올려 집으로 가야 되겠다.'

노인은 생각했다.

노인은 고기를 뱃전으로 끌어당겨 아가미에서 입으로 줄을 꿰어 머리를 이물에 붙들어 맬 작정이었다. 그러면서 순간 저 몸뚱이를 만지거나 더듬어 보고 싶다고 생각했다.

'고기는 내 재산이다. 그러나 단지 그 때문에 만져 보고 싶은 것은 아니다. 조금 전에 심장을 만져 본 것 같다. 두 번째 작살 자루를 박아 넣을 때 말이다. 자, 이제 끌어들여서 비끄러매어야겠다. 저놈을 배에 비끄러맬 수 있도록 꼬리와 허리에 올가미를 하나씩 걸어야 한다.'

노인의 생각은 멈추지 않고 계속되었다.

"늙은이, 이제 슬슬 일을 시작해야지."

그는 물을 한 모금 마셨다.

"싸움이 끝나고 나니, 해야 할 일이 산더미 같군."

그는 하늘을 쳐다본 후 다시 고기를 바라보았다. 해를 찬찬히 살펴보니 오정이 지난 지 얼마 안 된 것 같았다. 무역풍이 일고 있었다. 이제 낚싯줄은 아무래도 좋다. 집에 가서 그 아이와 둘이서 풀어 가지고 새로 이으면 되니까.

"이리 오너라, 고기야."

노인이 그렇게 말했다. 그러나 고기는 오지 않았다. 오기는 커녕 이제는 바다를 침대삼아 누워 있었다.

노인은 배를 끌어 고기 쪽으로 다가갔다. 노인은 고기 옆으로 가서 고기 머리를 뱃머리에다 대면서도 그 크기가 도무지 믿어지지 않았다. 그는 고기의 크기에 다시 한 번 놀라면서도 자신이 해야 할 일을 차근차근 진행시켰다. 우선 작살 밧줄을 말뚝에서 풀어 고기의 아가미를 통해 턱으로 빼낸 뒤 칼처럼 뾰족한 부리를 한번 감아서 다른 쪽 아가미로 빼냈다. 그것을 다시 한 번 부리에다 감아서 양끝을 매듭지은 다음 뱃머리의 말뚝에다 단단히 비끄러매었다. 그러고 줄을 잘라서 올가미를 만든 다음 꼬리를 매러 고물 쪽으로 갔다.

고기 빛깔은 본래의 보랏빛 섞인 은빛에서 거의 완전한 은빛으로 변해 갔다. 줄무늬는 꼬리와 마찬가지로 엷은 보랏빛이었다. 그 줄무늬의 넓이는 손가락을 쫙 편 것보다도 넓었다. 고기의 눈은 잠망경의 렌즈처럼 보였고, 눈빛은 행렬에 끼인 성자(聖者)의 눈처럼 무표정했다.

"고기를 죽이기 위해서는 이렇게 하는 수밖에 없었어."

노인은 중얼거렸다.

물을 조금 마시자 기분이 좀 나아졌다. 의식을 잃는 일은 없을 것 같았다. 머리도 개운했다. 이 정도라면 1500파운드는 넘겠다고 그는 생각했다.

'아니, 훨씬 더 넘을지도 모르지. 내장을 빼내고도 약 삼분의 이가 남을 텐데. 파운드당 30센트씩 받는다면 모두 얼마나 될까?'

"계산하려면 연필이 있어야겠는걸."

그는 말했다.

"지금 내 머리는 그것을 계산할 정도로 맑지 못해. 그러나 오늘 일은 저 훌륭한 디마지오 선수와 비교해도 결코 부끄럽지 않을 것 같다. 발뒤꿈치는 아프지 않았지만 두 손과 등의 상처는 정말 심했거든."

노인은 또 생각을 해 보았다.

'정말 뒤꿈치 뼈 타박상이란 어떤 것일까? 어쩌면 우리는 그것이 무엇인지도 모르는 순간에 그 병에 걸릴지도 몰라.'

그는 그 큰 고기를 이물과 고물, 그리고 배 중간에 단단히 비끄러맸다. 고기의 크기는 큰 배 한 척을 나란히 이어 놓은 것만큼 컸다. 노인은 마지막으로 밧줄을 한 가닥 끊어서 고기

의 입이 벌어지지 않도록, 아래턱을 부리에 동여매서 묶어
놓았다. 될 수 있는 대로 배가 빨리 나아갈 수 있도록 하기
위한 조치였다.

다음에는 돛대를 세우고 갈고릿대와 가름대 등의 장비를
정리한 뒤, 조각조각 기운 돛을 달았다. 그리고 마침내 배가
움직이기 시작했다.

노인은 나침판이 없어도 남서쪽이 어느 방향인지 알 수 있
었다. 무역풍의 감촉을 느낄 수 있었으므로 돛이 끌고 가기만
하면 되는 것이었다.

'가는 낚싯줄을 이용해서 뭐든 먹을 것을 낚아 보도록 하자. 그리고 목도 축여야지.'

그러나 꿸 미끼 바늘은 보이지도 않았고, 정어리마저 모두 상해 있었다. 할 수 없이 누런 모자반류 해초가 한 조각 지나갈 때 그것을 갈고리로 건져서 배 앞에다 흔들어 댔더니, 그 속에 있던 잔 새우가 뱃바닥으로 떨어졌다. 그중 서너 마리는 그래도 꽤 먹을 만해 보였다. 새우들은 노인의 발밑에서 모래 벌레처럼 팔딱팔딱 뛰었다.

노인은 엄지와 검지를 이용해서 새우의 머리를 따낸 뒤 껍질이며 꼬리까지 모두 씹어 먹었다. 아주 조그마한 새우였지만 노인은 그것이 맛이 좋고 영양이 풍부하다는 것을 알고 있었다.

물병에는 아직 두어 모금의 물이 남아 있었다. 노인은 새우를 먹고 나서 물을 한 모금 마셨다. 배는 무거운 짐을 실었는데도 잘 달렸고, 그는 키의 손잡이로 배의 방향을 잡았다.

그는 고기의 모습을 눈앞에 두고서도, 두 손을 펴 보고 고물에 닿은 등의 아픔을 느끼고서야 이 일이 꿈이 아니고 정말로 일어난 일이라는 걸 실감했다. 고기와의 싸움이 막바지에 이르렀을 무렵에는 너무나 고통스러워서 '아마 이것이 꿈일 거야 하고 생각하기도 했었다.

그러다가 고기가 물 밖으로 뛰어올라 바다로 떨어지기 직전, 공중에 떠 있는 모양을 보고서야 참으로 어처구니없는 기적이 일어났음을 실감했던 것이다.

하지만 노인은 그 광경이 아무래도 믿어지지 않았다. 그때는 눈도 잘 보이지 않았지만 지금은 눈이 평소처럼 잘 보였다. 이제 노인은 고기의 실체도 확인했고, 손과 등이 실제로 아프다는 것을 알고 있다.

'이 정도의 상처는 얼마 안 가서 나을 거야. 피도 나올 만큼 나왔으니 소금물에 담그면 금방 나을 것이다. 깊은 바닷물은 정말 잘 듣는 약이니까. 내가 할 일은 오직 정신을 똑바로 차리는 것이다. 손은 제 할 일을 훌륭히 해 냈고, 또 우리는 무사하게 항구로 돌아가고 있다. 고기는 입을 꽉 다문 채 꼬리만 수직으로 오르락내리락하고 있고, 지금 우리는 형제처럼 나란히 항해하고 있다.'

그러다가 머리가 조금 흐려지자, 노인은 다른 생각을 했다.

'지금 내가 고기를 끌고 가고 있는 건가, 아니면 고기가 나를 끌고 가는 건가? 내가 고기를 끌고 가는 것이라면 아무 문제도 없다. 또 고기가 위엄을 잃은 채 배 안에 누워 있다면

그것 또한 문제가 되지 않는다.'

그러나 노인은 그들이 한데 묶여서 나란히 바다 위를 헤쳐 나가고 있다는 생각이 들었다. 그래서 자꾸만 혼란스러워지는 것이었다.

그러다가는 또 문득 이런 생각도 들었다.

'고기가 나를 끌고 간다면 그렇게 하라고 하지. 내가 저 고기보다 좀 낫다는 것은 꾀가 있다는 것뿐이고, 사실 고기는 나에게 아무런 적의도 갖고 있지 않으니까.'

그들은 순조롭게 나아가고 있었다. 노인은 두 손을 바닷물에 담근 채 정신을 차리려고 애를 썼다. 하늘 높이 떠 있는 뭉게구름과 엷은 새털구름으로 보아, 밤새도록 미풍이 불 것 같았다.

노인은 자신이 고기를 잡았다는 사실이 꿈이 아니라는 것을 확인하려고 고기에서 눈을 떼지 않았다.

첫 번째 상어가 고기를 공격해 온 것은 그로부터 한 시간이 지난 후였다.

상어의 공격은 결코 우연한 일이 아니었다. 검은 피가 구름처럼 엉겨 1마일이나 넘게 바다 속까지 퍼지자, 피 냄새를 맑은 상어가 푸른 수면을 박차고 물 위로 올라왔던 것이다. 그리곤 다시 물속으로 들어가서 피 냄새를 좇아, 무섭도록 빠른 속도로 배와 고기를 추적해 왔던 것이다.

상어는 때로 그 냄새의 흔적을 잃어버리기도 했다. 그러나 다시 냄새를 찾아내거나 그 흔적을 찾아내곤 해서 재빠르고 세차게 뒤따랐다. 그것은 바다에서 가장 빨리 헤엄치고 덩치가 큰 마코 상어였다.

그 상어는 흉악한 주둥이만 빼고는 몸 전체가 아름다웠다. 등은 황새치처럼 푸른빛이었고, 배는 은빛이며, 껍질은 매끈하고 탐스러웠다. 커다란 주둥이를 꽉 다문 채 빨리 헤엄쳐 갈 때는 마치 황새처럼 보였다.

상어는 바로 수면 아래에서 높은 등지느러미를 꼿꼿이 세운 채 물속을 가르며 헤엄쳐 갔다. 두 겹으로 된 주둥이 안쪽은 여덟 줄의 이빨이 안을 향하고 있어, 피라미드형의 보통 상어의 이빨과는 달랐다. 입을 꽉 다물면 사람 손가락을 매 발톱처럼 오그렸을 때와 모양이 비슷했다. 이빨의 길이는 거의 노인의 손가락 정도로 길었고, 양쪽 끝이 면도날처럼 날카로웠다.

바다에 사는 어떤 고기라도 잡아먹을 수 있게 생긴데다가,

매우 빠르고 힘세고 무장이 잘 되어 있어서 당해 낼 고기가 없었다. 바로 그 공포의 상어가 신선한 피 냄새를 따라 속력을 내면서 푸른 지느러미로 물을 가르고 있는 것이다.

노인은 상어가 다가오는 것을 보자, 놈이 전혀 두려워하는 기색을 보이지 않으면서 자신이 노리는 것은 기어이 해치우고 말 것임을 알아챘다.

그는 상어의 움직임을 지켜보면서 작살을 준비하고, 거기에다 밧줄을 단단히 묶었다. 그런데 고기를 비끄러매느라 잘라 버렸기 때문에 밧줄이 매우 짧았다.

이제 노인의 머리는 맑고 상쾌했다. 상어를 보는 순간 각오를 단단히 했지만 희망은 거의 없었다. 좋은 일은 결코 오래가지 않는 법이라고 그는 생각했다.

노인은 상어가 가까이 다가오는 것을 지켜보다가, 배에 매달아 놓은 큰 고기를 힐끗 보며 생각했다.

'이것 역시 차라리 꿈이라면 좋겠다. 상어가 달려드는 것을 막을 수는 없겠지만 어떻게 해 보는 수밖에 없겠지. 덴투소(상어의 한 가지)란 놈, 이 망할 놈의 자식아.'

상어는 빠른 동작으로 고물 쪽으로 가까이 다가왔다. 상어가 고기를 공격했다. 그때 노인은 상어의 벌린 입과 이상

144

한 눈, 그리고 놈이 바로 꼬리 위쪽의 살점을 향해 덤벼들어 이빨로 찰칵 소리를 내면서 물어뜯는 것을 보았다

상어가 머리를 물 위로 쑥 내밀고 등까지 드러냈을 때, 노인은 그 머리통을 겨누었다. 그리고 두 눈 사이의 줄과 코에서 등으로 뻗은 선이 교차되는 한 점(點)에 작살을 꽂았다. 그 순간 큰 고기의 살과 껍질이 찢어지는 소리가 들렸다.

사실 그런 선 따위가 상어 머리에 있는 것은 아니었다. 노인의 눈앞에는 날카로운 푸른 머리와, 커다란 눈과, 거친 이빨을 찰칵거리며 뭐든 먹어치우는 툭 튀어나온 주둥이가 있을 뿐이었다. 그러나 바로 그곳이 상어의 골이 있는 위치였으며, 노인은 바로 그곳을 찌른 것이다.

그는 있는 힘을 다해서 피투성이가 된 손으로 작살을 내리 꽂고 전력을 다해서 눌러 쑤셨다. 별로 희망은 없었지만 무서운 결의와 강한 적의(敵意)로 작살을 꽂았던 것이다.

상어가 빙그르 돌기 시작했다. 언뜻 보기에 상어의 눈은 이미 살아 있는 것이 아니었다. 상어는 한 바퀴 더 뒹굴며 밧줄로 제 몸을 두 번이나 감았다.

노인은 상어가 죽었다는 것을 알았지만, 상어는 자신의 죽음을 인정하지 않는 것 같았다. 상어는 벌렁 뒤집혀졌음에도 불구하고 꼬리로 물을 철썩이고 주둥이를 연속 찰칵거리면서 경주용 보트처럼 물을 헤치며 몸부림쳤다. 상어의 꼬리가 요동치는 바람에 물 위로 물방울이 튀었고, 이어서 밧줄이 팽팽하게 당겨지며 부르르 떨리더니 뚝 끊어졌다. 그때 상어 몸뚱이의 4분의 3이 물 위로 드러났다.

상어는 잠시 수면에 조용히 떠 있었다. 노인도 움직이지 않고 그것을 지켜보았다. 이윽고 상어는 천천히, 아주 천천히 가라앉았다.

"40파운드는 뜯어먹었군."

노인은 자못 억울하다는 듯이 소리 내어 말했다.

'게다가 내 작살과 밧줄을 몽땅 가져가 버렸다. 그런데 내 고기에서 또다시 피가 흐르니, 언제든지 다른 놈들이 또 몰려올 것이다.'

노인은 불구가 되어 버린 고기를 더 이상 보고 싶지 않았다. 고기가 물어 뜯겼을 때 그는 마치 자기 자신의 살점이 뜯기는 것만 같았다.

'그러나 내 고기에 달려든 상어를 나는 죽였어. 지금까지 큰놈들을 많이 보아 왔지만, 그렇게 큰 덴투소는 처음이야. 하지만 좋은 일은 오래가지 않는 법이지. 차라리 이것이 꿈이었으면……. 내가 저 고기를 잡은 것이 아니고, 이 순간에 침대에 누워 신문을 보고 있는 거라면 얼마나 좋을까?'

노인은 이렇게 생각했다.

"그러나 사람은 이 정도의 일에 무너지진 않아."

그는 말했다.

"사람은 죽을지언정 고기에게 지지는 않지."

'그래도 내가 고기를 죽게 한 건 잘못이야. 이제부터는 더 큰 시련이 닥쳐올 텐데, 나에게는 작살마저 없으니……. 덴투소란 놈은 아주 잔인하고 힘이 세고 영리하단 말이야. 그러나

내가 저보다 더 영리할걸. 아냐! 내가 더 영리한 것이 아니라, 내 무기가 저보다 조금 나았을 뿐이야.'

"늙은이, 쓸데없는 생각은 더 이상 하지 마."

그는 스스로를 꾸짖듯 큰 소리로 말했다.

"이대로 가다가 상어가 또 오면 그때 생각하면 돼. 벌써부터 걱정할 필요는 없어."

'하지만 생각하지 않을 수도 없지 않은가. 남은 것이라고는 그것밖에 없으니. 오직 그것하고 야구뿐이다. 내가 상어의 골통을 찌르던 멋진 순간을 디마지오가 봤으면 어떻게 생각했을까? 뭐 그리 자랑할 만한 솜씨는 아니었지만……. 사실 그건 누구나 할 수 있는 일인걸. 그러나 내 손이 발뒤꿈치가 아픈 만큼 불리했던 조건을 가졌다는 것을 그가 알까? 그야 알 수 없지. 내가 발뒤꿈치를 다친 것은, 옛날에 헤엄을 치다가 가오리를 밟아서 물렸을 때 종아리가 마비되어 참을 수 없을 정도로 고통을 당했을 때뿐이었으니까.'

"이봐! 기왕이면 뭐 좀 유쾌한 일을 생각하지, 늙은이."

그는 중얼거리며 나름대로 계산을 해 보았다.

"이제 시시각각 집이 가까워 오고 있어. 게다가 40파운드나 가벼워져서 그만큼 가볍게 달릴 수 있지."

그러나 배가 조류의 안쪽으로 들어가면 무슨 일이 일어나리라는 것을 노인은 잘 알고 있었다. 그리고 지금은 어쩔 도리가 없었다.

"아냐, 그래도 방법은 있어."

그는 큰 소리로 말했다.

"노 손잡이에다 칼을 묶어 놓으면 될 거야."

노인은 겨드랑이에 끼고 있던 키 손잡이를 끼고 돛 아랫자락을 밟은 채 그 일을 했다.

"자아, 나는 역시 늙은이에 불과해. 그렇지만 전혀 무방비 상태는 아냐."

이제 바람이 다시 불어 배는 잘 달렸다. 그는 고기의 앞부분만을 보고 있었는데, 약간의 희망이 생겼다.

희망을 버리는 것은 매우 어리석은 일이라고 그는 생각했다. 심지어 그것은 죄라고까지 여겨졌다.

'하지만 지금은 죄에 대해서는 생각하지 말자. 지금은 죄 말고도 생각해야 할 문제가 너무나 많다. 게다가 나는 죄가 뭔지도 잘 모르겠고, 또 그런 게 있다고 믿고 있는지도 확실하지 않다. 그렇더라도 고기를 죽인 것은 죄가 될 거야. 내가 살기 위해서, 또 많은 사람을 먹이기 위해서 그렇게 했다 할지

라도 그것은 죄일 것 같다. 그렇다면 모든 게 죄가 된다. 아무
튼 지금은 죄에 대해서는 생각하지 말자. 그런 생각을 하기에
는 너무 늦었고, 또 돈을 받고 그러한 일을 해 주는 사람들도
있지 않은가. 그런 생각은 그런 사람들이나 실컷 하게 놔두자.
고기가 고기로 태어난 것처럼 나는 어부로 태어난 거야. 성
(聖) 베드로도 디마지오의 아버지처럼 한때 어부였거든.'

그러나 노인은 자신과 관련된 모든 일에 관해서 생각하는
것을 좋아했다. 게다가 그에게는 읽을 책도 없고, 라디오도
없었기 때문에 자연히 여러 가지 생각을 많이 했다. 그러다
보니 죄에 대해서도 계속 생각했다.

'고기를 죽인 것은 단지 살기 위해서도, 식량으로 팔기 위해
서도 아니다. 다만 긍지를 위해서, 그리고 어부이기 때문에
죽인 것이다. 너는 고기가 살아 있을 때도 사랑했고, 죽은 뒤
에도 역시 사랑했다. 만약 그것을 사랑한다면 죽였다 해도
죄가 되지 않는다. 아니, 죄보다도 더한 것일까?'

"늙은이, 자넨 생각이 너무 많군."

그는 소리 내어 말했다.

'그러나 너는 덴투소를 죽이면서 즐거워했다. 그놈도 너처
럼 산 고기를 먹고 사는 동물이야. 썩은 고기를 먹고 돌아다니

150

는 상어도 있지만, 그놈은 아름답고 당당하며 두려움을 모르는 멋진 고기다.'

그는 계속 생각했다.

"맞아! 나는 정당방위로 나 자신을 지키기 위해 고기를 죽였어."

노인은 소리 내어 말했다.

"그리고 나는 놈을 솜씨 좋게 단번에 해치웠다."

'게다가 실제로 모든 동물들은 어떤 식으로든 다른 동물들을 죽이며 살아가고 있다. 고기잡이가 나의 목숨을 연명시켜 주는 것처럼, 마찬가지로 그것이 나를 죽이기도 한다. 아니, 그 애가 나의 생계를 도와주고 있지. 나 자신을 너무 속여서는 안 돼.'

노인은 계속 생각했다.

그는 뱃전으로 몸을 굽혀 상어가 물어뜯어 놓은 고기의 살점을 한 점 떼어 냈다. 그리고 그것을 씹으면서 고기의 질과 맛을 음미했다. 그 고기는 쇠고기처럼 살이 단단하고 물이 많았으나 붉지는 않았다. 힘줄도 전혀 없었기 때문에 시장에서 최고가로 팔릴 만한 충분한 가치가 있었다.

그런데 피 냄새가 물속으로 퍼져 나가는 것만은 막을 도리가 없었다. 노인은 불길한 예감이 들었다. 무언가 최악의 사태가 다가오고 있음을 느낄 수 있었다.

여전히 미풍이 불었다. 바람의 방향이 북동쪽으로 바뀌는 듯했으나 결코 잦아들 것 같지는 않았다.

노인은 멀리 앞을 내다보았다. 그러나 사방을 둘러보아도 돛이나 선체, 배에서 올라오는 연기조차 보이지 않았다. 날치가 이물 쪽에서 뛰어올랐다가 뒤로 빠져나가 버리고, 누런 해초 조각들만 무심하게 떠 있을 뿐이었다. 심지어는 새 그림자조차 보이지 않았다.

노인은 고물에 기대앉아 쉬면서 기운을 차리려고 애를 썼다. 이따금 '마알린' 고기를 씹으면서 두 시간 정도를 보냈을 때, 노인은 쫓아오던 두 마리의 상어 중 앞의 놈이 다가오는 것을 보고야 말았다.

"어엇!"

노인은 절망적인 비명을 토했다. 그건 도저히 다른 말로 표현할 수 없는 그런 것이었다. 못이 자기 손바닥을 뚫고 판자에 박힐 때 자기도 모르게 내지르는 그런 소리였다.

"갈라노(상어의 일종)로구나!"

그는 소리를 질렀다. 그리고 노인은 앞에 있는 상어의 뒤를 유유히 따라오고 있는 두 번째 놈의 지느러미도 보았다. 갈색 삼각형 지느러미와, 스치고 지나가는 꼬리의 동작으로 보아서 이놈들은 코가 삽같이 생긴 귀상어가 틀림없었다.

그들은 피 냄새를 맡고 흥분되어 있었다. 상어들은 너무 배가 고픈 나머지 잠시 멍청해져 냄새를 놓치기도 했지만, 다시 냄새를 찾아내어 쫓아오곤 했다. 그러면서 끊임없이 가까이 다가들었다.

노인은 돛을 비끄러매고 키의 손잡이도 끼워 놓았다. 그리고는 칼을 잡아맨 노를 잡고, 손의 통증을 생각해서 되도록 살짝 들어올렸다. 그리고는 가볍게 폈다 쥐었다 했다.

그는 뒤로 물러서지 않을 결심을 하면서 두 손을 꼭 쥔 채 상어가 다가오는 것을 지켜보았다.

이제 상어의 넓적하고 평평하고 삽처럼 뾰족한 머리와 끝이 하얗고 넓은 가슴지느러미가 보였다. 이건 아주 고약한 상어로, 이런 종류의 상어는 냄새가 지독했다. 뿐만 아니라 산 것이나 죽은 것이나 가리지 않고 먹어치우고, 배가 고프면 심지어 노든 키든 마구 물어뜯었다. 해면에 잠들어 있는 거북이의 다리나 발을 잘라 먹는 것도 바로 이놈들이다. 배만 고프면 생선의 피 냄새나 비린내가 나지 않아도 물속에서 사람들을 공격하기도 한다.

"자아!"

노인은 비장하게 말했다.

"갈라노, 너냐! 어서 오너라, 이놈 갈라노야!"

상어가 다가왔다. 그러나 행동이 아까의 마코 상어와는 사뭇 달랐다. 한 놈이 몸을 돌려 배 밑으로 숨어들어가 버려서 보이지 않았던 것이다. 그놈이 몸부림치며 고기를 물어뜯어 댈 때마다 배가 흔들리는 것을 느낄 수 있었다. 다른 한 놈은 가늘게 찢어진 눈으로 노인을 쳐다보고 있다가 반원형 주둥이를 크게 벌리며 잽싼 동작으로 고기에게 덤벼들었다. 그놈은 이미 물어뜯긴 자리를 집중적으로 공격했다.

상어의 갈색 정수리와 골이 등뼈와 이어지는 후면으로 줄이 선명하게 보였다. 노인은 노에 묶인 칼을 이용하여 그 부분을 냅다 찔렀다. 그런 다음 다시 고양이같이 생긴 상어의 누런 눈을 향해 칼을 내리꽂자, 상어가 고기를 놓고 떨어져 나갔다. 그런데 우습게도 그놈은 죽으면서도 물어뜯은 고기를 삼키고 말았다.

그러나 나머지 다른 한 놈이 여전히 고기를 물어뜯는 바람

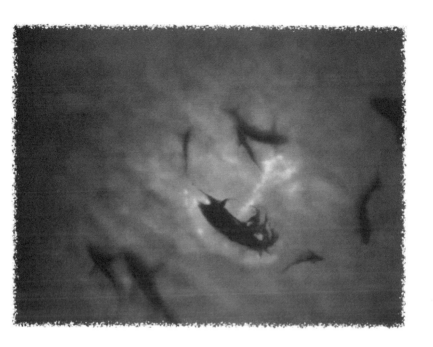

에 배가 계속 흔들렸다. 노인은 뱃전을 돌려서 상어를 물 밖으로 끌어내야겠다고 생각하고 돛을 내려 버렸다.

그는 상어가 나타나자, 기회를 놓칠세라 뱃전에서 몸을 내밀고 찔렀다. 그러나 껍질이 단단해서 살만 찢어졌을 뿐 깊이 찔린 것 같지는 않았다. 너무 힘껏 찌르느라 손뿐만 아니라 어깨까지 아파왔다.

그러나 상어는 또다시 머리를 쳐들고 쏜살같이 올라왔다. 상어의 코가 물 밖으로 나오더니 고기한테 달려들었다. 상어가 고기의 살점에 코를 박고 있을 때 노인은 평평한 정수리

한가운데를 겨냥하고 정면으로 찔렀다. 그는 다시 그것을 잡아 빼서 같은 곳을 또 찔렀다. 그래도 상어는 갈고리 같은 주둥이를 처박고 고기에 매달려 있었다.

노인은 이번에는 왼쪽 눈을 찔렀다. 그래도 상어는 떨어지지 않고 여전히 매달려 있었다.

"이놈! 그래도 안 떨어져?"

노인은 최후의 일격을 가하듯 칼날로 척추골과 두개골 사이를 찔렀다.

이번에는 칼이 쉽게 들어갔다. 상어의 연골이 쪼개지는 것을 느꼈다.

노인은 노를 뽑아들고 상어의 주둥이를 벌리기 위해 칼날을 주둥이 사이로 밀어 넣었다. 상어의 입 속에서 칼날을 비틀자 상어가 힘없이 떨어져 나갔다.

노인은 말했다.

"죽어라, 이놈 갈라노야. 어둠 속 깊이깊이 가라앉아서 먼저 간 네놈의 친구나 엄마를 만나 봐라."

노인은 숨을 몰아쉬며 칼날을 닦고 노를 놓았다. 돛 줄을 매어 바람을 안게 하고는 배의 방향을 해안으로 잡았다.

"사분의 일이나, 그것도 제일 맛있는 부분을 떼어갔군."

노인은 침통한 목소리로 중얼거렸다.

"이것이 꿈이라면, 아니 차라리 내가 고기를 잡지 않았다면 좋으련만. 미안하다, 고기야. 애당초 잡은 것이 잘못이었어."

그는 말을 멈췄다. 이제는 고기를 볼 마음조차 없었다. 고기는 피를 흘리고 있었지만, 그래도 물에 씻겨서 마치 거울 뒷면의 은빛처럼 빛이 났다. 그리고 커다란 줄무늬도 아직 선명하게 남아 있었다.

"이렇게 멀리까지 나오지 말걸 그랬구나, 고기야."

그는 또다시 중얼거리기 시작했다.

"그게 너를 위해서나 나를 위해서도 더 좋았을 텐데……. 참으로 미안하다, 고기야."

그는 계속 혼잣말을 했다.

'이젠 칼이 잘 묶여져 있나 살펴보고 끊어진 데가 없나 봐야지. 상어가 계속 밀려올 테니까. 손도 제대로 쓸 수 있게 운동을 해 둬야지.'

"이럴 때 칼을 갈 숫돌이 있으면 좋겠는데……."

노인은 노 끝을 다시 잡아매면서 안타까운 듯이 말했다.

"숫돌을 가지고 나왔어야 하는 건데."

'이것저것 가지고 올 물건이 많았는데……. 그러나 이 늙은

이야, 지금 그런 생각을 하면 뭘 하겠나. 지금은 가지고 오지 않을 걸 생각할 때가 아니라구. 있는 것으로 무엇을 할 수 있는가를 생각해야지' 하고 노인은 생각했다

"자넨 참 여러 가지 좋은 충고를 해 주는군."

그는 소리 내어 말했다.

"하지만 이젠 그것도 싫증났어."

그는 키를 겨드랑이에 낀 채 배가 앞으로 나아가는 대로 맡겨 놓고 손을 물에 담그고 있었다.

"마지막 놈이 무척 많이 뜯어먹었군."

그는 기운 빠진 목소리로 중얼거렸다.

"하지만 덕분에 배는 훨씬 가벼워졌어."

그는 물어뜯긴 고기의 아래쪽에 대해서는 생각하고 싶지 않았다. 상어가 쿵 하고 치받을 때마다 살점이 뜯겨 나갔을 것이고, 이제는 거기서 흘러내린 피가 신작로처럼 널찍한 길을 닦아 놓아 바다의 모든 상어들을 다 불러들일 것이라는 것도 잘 알고 있었다.

'이 고기 한 마리면 한 사람이 겨우내 먹을 수 있을 텐데……' 하고 그는 생각했다.

'하지만 지금 그런 생각은 하지 마라. 최대한 휴식을 취하면

서 남은 고기를 지킬 수 있는 방도를 생각해 둬라. 지금쯤 바다에 온통 피 냄새가 퍼져 있을 텐데⋯⋯. 그에 비하면 내 손에서 나는 피비린내쯤은 아무것도 아니다. 게다가 내 손은 피를 많이 흘린 것도 아니다. 상처도 걱정한 만큼 큰 것도 아니고, 피를 흘렸으니까 쥐도 나지 않을 것이다.'

이제 뭐 또 생각할 게 없을까. 그는 생각해 보았다. 그러나 생각할 일은 아무것도 없었다.

'이제는 아무 생각도 말고 다음에 올 놈들을 기다려야 한다. 이것이 꿈이라면 얼마나 좋을까. 그러나 또 모를 일이다. 어쩌면 좋은 결과가 나타날지 누가 알겠는가.'

다음에 나타난 놈은 귀상어였다. 만일 돼지가 사람 머리가 들어갈 만큼 넓은 주둥이를 가지고 있다면, 바로 이런 형상이 아닐까 싶은 모습이었다.

그놈은 돼지가 죽통을 향해 달려드는 것처럼 게걸스럽게 다가왔다. 노인은 그놈이 고기를 물어뜯을 때까지 놔두었다가 노에 비끄러맨 칼로 단 한 번에 골통을 겨냥하여 찔렀다. 그러나 상어가 몸을 뒤틀면서 튕겨 나갔기 때문에 칼을 빼앗기고 말았다.

노인은 마음을 진정시키려고 애쓰면서 키를 잡았다. 노인은 그 커다란 상어가 물속으로 천천히 가라앉는 모습을 쳐다보지도 않았다. 처음에는 살아 있을 당시의 크기에서 조금 작아지는가 싶더니 점점 더 작아지다가 끝내는 아주 조그마해지며 천천히 가라앉았다. 그런 광경을 보면 언제나 기분이 흡족해지곤 했었는데, 그러나 지금은 아무런 흥미도 느끼지 못했다.

"나에겐 아직 갈고리가 남아 있어."

그는 자신에게 말했다.

"그러나 아무짝에도 소용없을 거야. 그래도 아직 노가 두 개에다, 키 손잡이와 짤막한 몽둥이가 하나 있으니까……."

'상어란 놈이 나를 녹초로 만들었구나. 나는 이제 너무 늙어서 몽둥이로 상어를 때려죽일 수도 없다. 하지만 노와 짧은 몽둥이와 키 손잡이가 나에게 있는 한 끝까지 싸울 것이다.'

노인은 다시 두 손을 짠물에 적시려고 바다에 담갔다. 벌써 날이 저물어 가고 있었으며, 바다와 하늘밖에는 아무것도 보이지 않았다. 하늘에는 아까보다 바람이 더 세게 일고 있었다. '곧 육지가 보였으면' 하고 그는 생각했다.

"늙은이, 자네는 몹시 지쳐 있군."

그는 중얼거렸다.

"아주 속속들이 지쳐 있어."

다시 상어 떼가 덤벼든 것은 바로 해지기 직전이었다.

노인은 피 냄새의 흔적을 따라 만들어진 바다의 넓은 길을 헤엄쳐 오고 있는 놈의 갈색 지느러미를 보았다. 놈들은 냄새를 찾아서 이리저리 몰리지도 않았다. 서로 나란히 헤엄치며 배를 향해 곧장 달려왔다.

노인은 노를 고정시키고 돛을 비끄러매었다. 그리고는 고물 밑창에서 몽둥이를 집어 들었다. 그것은 부러진 노를 약 2피트 반의 길이로 자른 노의 손잡이였다. 손잡이가 달려 있기 때문에 한 손으로 써야 효과적이었다. 노인은 그것을 오른손으로 꽉 쥐고는 손목 관절을 구부렸다 폈다 하면서 상어들이 오는 것을 지켜보았다. 둘 다 갈라노였다.

'첫 번째 놈이 고기를 물면 콧등이나 정수리를 겨냥하고 쳐야지' 하고 그는 생각했다.

상어는 두 마리였다. 노인은 가까이에 있는 상어가 고기의 은빛 나는 배에다 주둥이를 처박자, 몽둥이를 높이 들고 상어의 정수리를 힘껏 내리쳤다. 몽둥이가 부딪칠 때 고무처럼 단단한 탄력을 느꼈다. 그러나 동시에 뼈에 부딪친 듯한 딱딱

한 느낌도 들었다. 다시 한 번 콧잔등을 세차게 갈기자, 상어가 고기한테서 미끄러져 떨어졌다.

다른 한 놈은 물속으로 들어갔다 나왔다 하더니 주둥이를 크게 벌리고 덤벼들었다. 노인은 상어가 주둥이를 다물었을 때 주둥이 양 옆으로 허옇게 살점이 삐져나온 것을 보았다.

노인은 몽둥이를 휘둘러서 놈의 머리를 쳤다. 그러나 상어는 노인을 경계하면서도 다시 살점을 물어뜯었다. 상어가 그 살점을 삼키려고 물러났을 때 노인은 다시 몽둥이를 휘둘렀다. 그러나 단단한 고무 같은 탄력을 느꼈을 뿐이었다.

"오너라, 이놈 갈라노야."

노인은 말했다.

"어서 덤벼라!"

상어가 쏜살같이 덤벼들었고, 주둥이를 다물었을 때 또다시 몽둥이로 내리갈겼다. 될 수 있는 대로 몽둥이를 높이 치켜 올려 있는 힘을 다해 후려쳤다. 이번에는 상어의 뒤쪽 골통 뼈에 몽둥이가 닿는 것이 느껴졌다. 그리고 상어가 천천히 살점을 뜯고 떨어져 나갈 때 또 한 번 같은 곳을 갈겼다.

노인은 상어가 또다시 덤벼들지 않을까 싶어 눈을 떼지 않고 계속 지켜보았다. 그러나 둘 다 보이지 않았다.

그런데 다음 순간, 한 마리가 빙빙 돌면서 물 위를 헤엄쳐 오는 것이 보였다. 그러나 다른 한 마리는 아예 그림자도 보이지 않았다.

'그 정도로 죽지는 않을 거야. 물론 내가 한창 때라면 죽일 수도 있었을 테지만…… 그러나 두 놈 다 몹시 심한 상처를 입었으니 기분은 좋지 않을 거야. 두 손으로 방망이를 쓸 수만 있었다면, 첫 번째 놈은 확실히 죽일 수 있었을 텐데. 이렇게 늙었더라도 말이야' 하고 그는 생각했다.

그는 완전히 고기를 외면하다시피 했다. 이미 반은 뜯겼다는 것을 알고 있었다.

노인이 상어와 싸우는 동안 해가 졌다.

"곧 어두워질 거야."

그는 말했다.

"그럼 아바나의 불빛도 보이겠지. 너무 동쪽으로 나왔다면 낯선 해안의 불빛이 보일 테고. 이제는 거리상으로 짐작해 보아도 해안에서 그리 멀지는 않을 거야……."

그는 생각했다.

'아바나에 있는 사람들이 걱정하지 않으면 좋겠는데……. 물론 그 아이는 걱정하고 있겠지. 그렇지만 그 애는 끝까지 나를 믿을 거야. 그렇다 해도 늙은 어부들도 걱정을 하고, 다른 사람들도 걱정을 하겠지. 나는 인정이 넘치는 마을에 살고 있으니까.'

그는 진심으로 그렇게 생각했다.

고기는 너무 심하게 뜯겨 버려서 더 이상 고기에게 말을 붙일 용기가 나지 않았다.

그때 문득 어떤 생각이 머리에 떠올랐다.

"반밖에 남지 않았어."

그는 말을 시작했다.

"너는 지난 날 분명 고기였는데, 내가 너무 멀리 나갔기 때문에 이런 일이 벌어진 거야. 정말 미안해. 모든 게 다 내 잘못이야. 내가 우리 둘을 모두 망쳐 버렸어. 그러나 우리는 상어를 여러 마리 죽였잖아. 바로 너하고 나하고 말이야. 여러 놈에게 상처도 입혔고 말이다. 고기야, 너는 그동안 몇 마리나 죽였었니? 네 머리에 있는 그 창날 같은 부리가 쓸데없이 붙어 있는 것은 아니겠지."

'만일 이 고기가 지금도 자유롭게 바다 속을 헤엄쳐 다닐 수 있다면 상어하고 어떻게 싸울까?'

노인은 고기에 관해 생각하는 것이 즐거웠다.

'이럴 줄 알았으면 아까 참에 상어하고 싸우도록 주둥이에 맨 밧줄을 끊어 버릴 걸' 하는 생각도 들었다.

그러나 지금 노인에겐 도끼도 없고 칼도 없었다.

'만일 그런 것이라도 있어서 노 손잡이에다 비끄러맬 수 있었더라면 얼마나 훌륭한 무기가 되었겠는가. 그러면 우리 둘이서도 얼마든지 힘을 합해서 상어하고 싸울 수 있을 텐데. 만약 한밤중에 상어가 덤벼들면 어떻게 하지? 그땐 어떻게 해야 한단 말인가?

"싸우는 거야."

다짐하듯 그는 말했다.

"죽을 때까지 싸우겠어."

그러나 이제 날은 어둡고 사방 어디에도 환한 빛은 없었다. 저녁노을도 없고, 다만 바람과 꾸준하게 달리는 배의 확실한 속력을 느낄 뿐이었다.

'그는 자신이 이미 죽은 것이 아닌가' 하는 느낌마저 들었다.

그는 두 손을 모아 쥐고서 손바닥의 감촉을 더듬어 보았다. 손바닥은 아직 살아 있었다. 그저 두 손을 폈다 오므렸다 하는 것으로 희미하게 남아 있는 생명의 고통을 의식할 수 있었다. 그는 자신의 등을 고물에 기대어 보고서야 자기가 죽지 않았다는 것을 분명하게 알았다. 어깨의 고통은 그것을 보다 확실하게 일깨워 주었다.

'만일 고기를 잡기만 하면 기도를 드리겠다고 약속했었는데……. 그러나 지금은 너무 지쳐서 기도조차 할 수가 없다. 부대를 가져다 어깨를 덮는 것이 좋겠다' 하고 그는 생각했다.

그는 고물에 누워서 키를 잡았다. 그리고 하늘이 밝아 오기만을 기다렸다.

고기는 아직 반이 남아 있다. 어쩌면 반 동강이라도 가지고 돌아갈 행운을 아직 바라고 있는지도 모르겠다.

"아니야."

불현듯 그는 중얼거렸다.

'내가 너무 멀리 나갔을 때부터 이미 내 행운은 깨진 거야.'

"어리석은 생각은 그만해!"

그는 소리 내어 말했다.

"똑바로 정신 차리고 키나 잡고 있어. 아직 운이 남아 있는지도 모르니까."

그는 생각했다.

'행운을 파는 곳이 있다면 조금이라도 사왔으면 좋겠다. 하지만 뭐로 사 오지?'

그는 자신에게 다시 반문했다.

'잃어버린 작살과 부러진 칼과 못 쓰게 된 이 두 손으로 도대체 무엇을 사올 수 있단 말인가?'

"살 수 있을지도 몰라."

그는 말했다.

"그것을 위해 바다에서 84일이나 헤매지 않았나. 그리고 막 손에 넣을 뻔도 했지."

'쓸데없는 생각은 하지 말아야지. 행운이란 여러 가지 형태로 찾아오는 것인데, 누가 그것을 미리 알 수 있단 말인가.

그렇지만 나는 행운이 어떤 형태로 오든 그것을 좀 갖고 싶다. 그리고 행운이 요구하는 값을 치르겠다. 어서 환한 불빛이 보였으면 좋으련만' 하고 그는 생각했다.

'이봐, 늙은이. 자네는 한꺼번에 너무 여러 가지를 바라는 군. 그러나 내가 당장 바라는 게 바로 그것이다.'

노인은 좀 더 편한 자세로 키를 잡으려고 애를 썼다. 아픔을 느끼게 되자 그는 자기가 죽지 않았다는 것을 확신했다.

밤 열 시쯤 되었다고 생각할 무렵, 도시의 불빛이 하늘에 훤하게 반사되어 비쳤다. 그러나 그 빛도 처음에는 너무 희미했기 때문에 달이 뜨기 전에 하늘이 약간 밝아진 것처럼 겨우 알아 볼 정도였다. 그러다가 세게 부는 바람 때문에 파도가 일렁이는 바다 건너편으로 불빛이 보였다. 그는 빛의 안쪽을 향해 키를 돌리며, 이제 곧 물가에 닿게 되리라고 생각했다.

'이제 모든 것이 끝났구나. 하지만 그래도 아직 안심할 수는 없다. 상어가 또다시 공격해 올지 모른다. 만약 상어가 오면 무기도 없이 컴컴한 속에서 뭘 할 수 있겠는가?' 하고 그는 생각했다

노인은 몸이 뻣뻣해지는 것을 느꼈다. 온몸 구석구석이 굳어 버리고 고통스럽게 쓰라렸다. 긴장되어 있던 근육이 상처

와 함께 서서히 풀어지면서 차가운 밤공기로 인해 더욱 쑤셔 댔다.

'이제 더 이상 싸우지 않아도 된다면 얼마나 좋을까.'

그러나 자정께쯤 노인은 또 싸워야만 했다. 이번에는 싸움 이 아무 소용없다는 것을 알았다. 상어가 떼를 지어 몰려 왔는 데, 지느러미가 해면에 그리는 선과 고기를 물어뜯을 때의 인광만 보일 뿐이었다.

노인은 몽둥이로 상어의 머리를 후려갈겼다. 수시로 살점 을 뜯어먹는 소리가 들렸으며, 배 밑에 있는 놈이 고기를 물어 뜯을 때마다 배가 흔들흔들했다.

그는 어디쯤이라고 짐작되는 곳과 소리 나는 곳을 향해 몽 둥이를 필사적으로 휘둘렀다. 그러나 무엇인가가 몽둥이마저 채어가 버리고 말았다.

그는 키에서 손잡이를 떼어 냈다. 그리고 그것을 두 손으로 움켜잡고는 상어들을 몰아내기 위해 마구 휘둘러 댔다. 그러 나 상어들은 이제 이물 쪽으로 몰려가더니 서로 번갈아 가며, 또는 한꺼번에 덤벼들어 고기의 살점을 물어뜯는 것이었다. 그들이 또다시 몰려오려고 한 바퀴 돌 때마다 노인은 물속에 서 고기의 살점들이 허옇게 빛나는 것을 보았다.

　그것들 중 한 놈이 고기의 머리를 향해서 덤벼드는 걸 보고, 노인은 이제 모든 게 끝났음을 알았다. 그놈은 아직 남아 있는 고기의 질긴 머리에 턱을 바싹 붙이며 물고 늘어졌다.

　노인은 상어의 정수리를 향해 키 손잡이를 휘둘렀다. 한 번, 두 번, 또 한 번 후려쳤다.

　키 손잡이가 부러지는 소리가 들렸다. 노인은 내친 김에 부러진 나무 끝으로 상어를 찔러 댔다.

　노 끝이 상어의 몸통으로 뚫고 들어가는 것이 느껴졌다. 끝이 뾰족한 것은 틀림없었다. 그래서 다시 한 번 찔렀다. 상어는 물렸던 고기를 놓고 맥없이 떨어져 나갔다.

그것이 몰려든 상어 떼 중에서 마지막 놈이었다. 고기는 더 이상 먹을 것이 남아 있지 않았던 것이다.

노인은 이제 거의 숨을 쉴 수가 없는데다 입 속에서 이상한 맛이 느껴졌다. 녹슨 쇠 같은 맛이 나면서 달았다.

순간 겁이 났다. 그러나 양이 그리 많지는 않았다. 그는 그것을 바다에다 뱉어 버리고 나서 말했다.

"갈라노야, 이거나 먹어라. 그리고 사람 죽인 꿈이라도 꾸어라."

노인은 자신이 구제될 방도가 없을 만큼 녹초가 되어 버린 것을 알았다. 그는 배의 고물로 기어가 방향만이라도 잡을 수 있도록 하기 위해 키 손잡이의 부러진 끝을 키 구멍에 집어넣었다. 그리고는 부대를 펴서 어깨에 두르고 배의 방향을 잡았다. 이제 배는 아주 가볍게 달렸다. 그러나 아무런 생각도 느낌도 일지 않았다.

이제 모든 것은 다 지나가 버렸고, 요령 있게 배를 다루어 항구로 돌아가는 일만 남았다.

잠시 후에 상어 떼가, 식탁에서 남은 음식 찌꺼기를 주워 먹으려는 사람처럼 고기의 잔해를 향해 덤벼들었다.

그러나 노인은 더 이상 신경 쓰지 않았다. 키를 잡는 일 외에는 이제 모든 일에 무관심했다. 옆에 달려 있던 무거운 짐이 없어져서 배가 아주 가볍고 순조롭게 잘 달린다는 것을 느낄 뿐이었다.

'배는 무사하다' 하고 그는 생각했다.

배는 온전했다. 키 손잡이 이외에는 아무 이상이 없었고, 키 손잡이는 쉽게 바꿔 달 수 있는 것이었다.

그는 배가 조류의 안쪽으로 들어간 것을 느꼈다.

해안을 따라 늘어서 있는 마을의 불빛이 보였다. 그는 지금 자기가 어디쯤에 와 있는지를 알았다. 이제 집에 돌아가는 것은 별 문제가 아니었다.

'어쨌든 바람은 우리의 진실한 친구야. 그렇다! 하지만 바다에는 우리의 친구도 있고 적도 있다. 그리고 침대도 내 친구다. 침대는 정말 훌륭한 친구야. 내가 지쳐 버렸을 때는 참으로 편안하게 쉴 수 있게 해 주거든. 그 침대란 놈이 얼마나 편한 것인지 잘 몰랐단 말이야. 그런데 내가 무엇 때문에 이렇게 지친 것일까?'

그는 곰곰 생각해 보았다.

바다에서의 일이 마치 꿈처럼 여겨졌다.

"아무것도 아닌 걸 가지고."

그는 소리 내어 말했다.

"단지 내가 너무 멀리 나갔던 거야."

마침내 노인이 작은 항구로 돌아왔을 때, 테라스의 등불은 이미 꺼져 있었다. 사람들도 모두 잠자리에 들었음을 알 수 있었다.

바람이 계속 불더니 점점 세차졌다. 그러나 항구 안은 잠잠했고 인기척도 없었다. 그는 바위 밑 좁은 자갈밭에다 배를 댔다.

도와줄 사람도 물론 없었다. 그래서 그는 될 수 있는 대로 배를 뭍에 바싹 갖다대었다. 그리고 배를 바위에 단단히 비끄러맸다.

그는 돛대를 내린 다음 돛을 감아서 묶었다. 그의 행동은 민첩하고 정확했다.

그 다음 돛을 어깨에 메고 언덕길을 올라가기 시작했다. 그제야 그는 자기가 얼마나 지쳐 있는가를 절실히 깨달았다. 그는 잠시 걸음을 멈추고는 뒤를 돌아보았다. 가로등 불빛에 반사되며 배의 뒤편에 빳빳하게 서 있는 고기의 잔해가 보였다. 등뼈가 하얗게 노출되어 생긴 선과 주둥이가 튀어 나와 있는 검은 부분이 매우 대조적이었다. 그 사이는 아무것도 없이 텅 비어 앙상한 모습이었다.

그는 다시 기어오르기 시작했다. 꼭대기까지 와서 힘없이 넘어진 그는 돛대를 어깨에 멘 채 한동안 쓰러져 있었다. 어떡하든 일어나려고 무척 애를 썼지만, 너무나 힘이 들어서 돛대를 어깨에 멘 채 망연히 길 쪽을 바라보았다.

저 멀리에서 고양이 한 마리가 지나갔다. 노인은 그 모습을 물끄러미 바라보았다. 그리고는 무심하게 길바닥 쪽으로 시선을 옮겼다.

마침내 그는 돛대를 내려놓고 일어섰다. 그리고 다시 돛대를 집어서 어깨에 메고 걷기 시작했다. 그러나 자신의 판잣집까지 가는 동안 무려 다섯 번이나 앉아서 쉬어야만 했다.

판잣집 안으로 들어가서 벽에다 돛대를 세워 놓았다. 어둠 속에서도 그는 익숙하게 물병을 찾아 물을 한 모금 마셨다. 그리고는 침대에 쓰러졌다.

담요를 끌어당겨 어깨와 등과 다리를 차례로 덮은 다음, 신문지에 얼굴을 파묻고는 두 팔을 밖으로 쭉 뻗었다. 그리고 손바닥을 위로 편 채 그대로 잠이 들었다.

　아침에 소년이 판잣집의 문을 열고 안을 들여다보았을 때도 노인은 여전히 잠들어 있었다. 바람이 심해져서 그날은 배가 나가지 못했기 때문에, 소년은 늦게까지 자고 난 후 노인의 판잣집이 걱정되어 찾아온 것이었다.

　소년은 노인의 곁으로 다가가서 숨결에 귀를 기울이다가 그의 두 손을 보고서는 울기 시작했다.

　소년은 커피를 가져와야겠다고 생각하고 조용히 밖으로 나왔다. 길을 내려가면서도 소년은 계속 울었다.

　어부들은 노인의 배 주위에 모여서 배 곁에 비끄러매져 있는 것을 구경하고 있었다. 한 사람은 바지를 걷어 올리고 물속으로 들어가서 줄자로 잔해의 골격을 재고 있었다.

하지만 소년은 그곳으로 내려가지 않았다. 벌써 가 보았던 것이다. 어부 한 사람이 소년 대신 배를 점검하고 있었다.

"할아버지는 좀 어떠시냐?"

한 어부가 소리쳤다.

"계속 주무시고 계세요."

소년도 소리쳐서 대답했다.

소년은 사람들이 자기가 울고 있는 것을 보았다고 여겼다. 그러나 아무렇지도 않다고 생각했다.

"그대로 주무시게 할아버지를 깨우지 마세요."

"코에서 꼬리까지 무려 18피트나 되는데!"

골격을 재고 있던 어부가 소리쳤다.

"그럴 거예요."

소년은 대수롭지 않다는 듯이 말했다.

그는 테라스로 내려가서 커피 한 깡통을 청했다.

"뜨겁게 해서 밀크와 설탕을 듬뿍 넣어 주세요."

"뭐 다른 것은 필요 없니?"

"아니오, 나중에 뭘 드실 수 있나 알아 보구요."

176

"굉장히 큰 고기더구나."

주인이 말했다.

"그런 고기는 생전 처음 봤어. 그리고 어제 네가 잡은 두 마리도 괜찮았다."

"제가 잡은 고기는 아무것도 아니에요."

소년은 말하다 말고 또다시 울음을 터뜨렸다.

"너도 뭐 좀 마시련?"

주인이 물었다.

"아니오."

소년이 머리를 흔들었다.

"대신 사람들한테 산티아고 할아버지를 귀찮게 해서 깨우지 않도록 해 주세요. 곧 돌아올게요."

"할아버지께 참 안됐다 하더라고 전해 주렴."

"고맙습니다."

소년이 고개를 끄덕이며 말했다.

소년은 뜨거운 커피가 든 깡통을 조심스럽게 들고 노인의 판잣집으로 갔다. 그리고 노인이 깰 때까지 옆에 앉아서 기다렸다. 노인은 딱 한 번 잠을 깰 듯하더니 다시 깊은 잠 속으로 빠져들었다.

소년은 조용히 밖으로 나왔다. 기다리는 사이에 커피가 식어 버렸기 때문이다. 그는 길 건너에서 장작을 얻어다가 커피를 뜨겁게 데웠다.

마침내 노인이 잠에서 깨어났다.

"일어나지 마세요."

소년이 걱정스럽게 말했다.

"우선 이걸 마시세요."

그는 커피를 잔에 조금 따랐다.

노인은 그것을 받아서 마셨다.

"마놀린, 그놈들이 나를 이기고 말았어."

노인이 말했다.

"정말 나한테 이겼단 말이야."

"하지만 고기가 할아버지를 이긴 건 아니에요. 할아버지는 지신 게 아니에요."

"그렇지, 정말 그래. 내가 놈들한테 진 것은 나중이었어."

"페드리코가 배와 선구를 점검하고 있어요. 고기 머리는 어떻게 할까요?"

"페드리코에게 쪼개어서 고기 덫에다 쓰라고 해."

"그 창날 부리는요?"

"갖고 싶거든 네가 가지렴."

"좋아요. 정말 갖고 싶어요."

소년이 말했다.

"이제 그 일은 잊고 다른 계획을 세워야지요."

"다들 날 찾았었니?"

"물론이죠. 해안 경비대와 비행기까지 동원되었는걸요."

"하지만 바다는 너무나 넓고 배는 아주 작으니까 찾기가
어렵지."

노인이 말했다. 순간 노인은 새로운 사실을 뼈저리게 깨달

왔다. 줄곧 자기 자신과 바다를 상대로만 말을 하다가 진짜로 얘기를 나눌 상대가 있다는 것이 얼마나 즐거운 일인가를 말이다.

"그동안 네가 얼마나 아쉬웠는지 몰라."

그는 말했다.

"너는 뭘 좀 잡았니?"

"첫날은 한 마리, 둘째 날에도 한 마리, 그리고 셋째 날은 두 마리 잡았어요."

"잘했구나."

"이제 우리 함께 나가서 잡아요."

노인은 머리를 가로저었다.

"아니야, 나는 운이 없어. 이제 나는 운이 다했나 봐."

"운이라는 것이 어디 있어요?"

소년이 의아하다는 표정으로 말했다.

"그렇다면 이제부터는 제가 운을 갖고 갈게요."

"너희 식구들이 뭐라고 하지 않을까?"

"상관없어요. 저는 어제 두 마리를 잡았어요. 하지만 아직 배울 것이 많으니까, 이제부터 저랑 같이 나가요. 네?"

"좋은 작살을 하나 구해서 고기잡이에 나갈 때 언제든지 가지고 가야겠다. 아마 낡은 포드 자동차 스프링 조각으로 만들 수 있을 거야. '구아나바코아'에 가서 갈아 오면 되고. 끝을 뾰족하게 갈아야 하지만 잘 부러지지 않게 달구어야 해. 내 나이프는 이미 부러졌단다."

"아예 나이프도 하나 더 구하고 스프링도 갈아 올게요. 그런데 이번 강풍이 며칠이나 갈까요?"

"사흘쯤이겠지. 아니, 좀 더 계속될지도 모르겠다."

"제가 모든 걸 잘 챙겨 놓을게요."

소년이 말했다.

"제게 맡겨두고 할아버지는 이제 그 손이나 빨리 낫도록 잘 보살피세요."

"손이야 어떻게 하면 낫는지 알고 있으니까 별 문제는 아냐. 하지만 지난밤에 뭔가 이상한 것을 토했는데, 가슴속이 갈라지는 것 같은 기분이 들더구나."

"그것도 고쳐야지요."

소년이 말했다.

"누우세요, 할아버지. 제가 깨끗한 셔츠를 갖다 드릴게요. 뭐 좀 드실 것하고요."

"그리고 내가 없는 동안에 온 신문이 있으면 아무 거나 좀 갓다 주렴."

노인이 말했다.

"빨리 낫지 않으면 안 돼요. 난 앞으로 배울 것이 많고 할아버지는 뭐든 다 가르쳐 주셔야 하니까 빨리 나으셔야 해요. 그동안 고생 많이 하셨지요?"

"많이 했지."

노인이 대답했다.

"드실 음식과 신문을 가지고 오면서, 손에 바를 약도 사가지고 올게요."

"페드리코한테 고기 머리를 준다는 걸 잊지 말고 꼭 전해 줘라."

"네, 잊지 않고 전해 줄게요."

소년은 문 밖으로 나와서 닳아빠진 산호초 길을 걸어가면서 또다시 울었다.

그날 오후에 테라스에서 관광객들의 파티가 있었다.

빈 맥주 깡통과 죽은 꼬치어가 흩어진 사이로 바다를 내려다보며 구경하고 있던 한 부인의 눈에 무언가 이상한 것이 띄었다.

항구 바깥쪽에서 동풍이 불어 쉴 새 없이 큰 파도가 일고 있었는데, 그때마다 조류에 밀려 떠올랐다 흔들렸다 하는 거대한 꼬리를 본 것이다. 엄청나게 길고, 흰 뼈대……

"저게 뭐예요?"

그녀가 웨이터에게 물었다.

그녀의 손끝이 가리키는 것은 조류에 쓸려 나가기만을 기다리고 있는, 한낱 쓰레기에 지나지 않는 커다란 고기의 긴 등뼈였다.

"티부론입니다."

웨이터가 말했다.

"상어의 일종이죠."

웨이터는 그동안 이 해변에서 일어났던 일을 설명하려 했다. 그러자 그녀가 호들갑스럽게 말했다.

"상어가 저렇게 아름답고 멋진 꼬리를 가지고 있는 줄은 몰랐는데요."

"나도 몰랐어."

부인과 동행한 남자가 말했다.

그때 길 위에 있는 판잣집에서는 노인이 또다시 깊은 잠에 빠져들고 있었다. 그는 아직도 얼굴을 파묻은 채 엎드려서

자고 있었고, 소년은 미동도 없이 곁에 앉아서 노인을 지켜보
았다.

　노인은 사자 꿈을 꾸고 있었다.

킬리만자로의 눈

킬리만자로는 높이 1만 9천 7백 10피트의 눈에 뒤덮인 산으로, 아프리카 대륙에서 가장 높은 봉우리라고 한다.

그 서쪽 봉우리는 마사이어(語)로 '누가에 누가이', 즉 신(神)의 집이라고 불려지고 있다.

이 산봉우리 근처에 얼어붙은 한 마리의 표범 시체가 쓰러져 있었다.

그렇게 높은 곳까지 표범이 무엇을 찾으러 왔는지 설명해 주는 사람은 아무도 없다.

"참으로 신기한 노릇이야. 아픔이 싹 가셔 버렸거든……."
남자가 말했다.

"그래서 죽음이 가까워졌다는 것을 알게 되는 거겠지."

"그게 정말이에요?"

"정말이구말구. 그런데 이런 냄새를 피워서 미안해. 당신도 아마 성가실 거야."

"제발 그런 건 신경 쓰지 말아요."

"저것들 좀 봐."

남자가 말했다.

"내 꼴을 보고 저것들이 모여드는 것이 아닐까? 혹시 냄새를 맡고서 말이야."

남자가 누워 있는 휴대용 침대는 미모사 나무의 널따란 그늘 아래 놓여 있었다.

그늘 건너편으로 눈이 부시게 반짝거리는 벌판을 바라보자, 그곳에는 커다란 새 세 마리가 초라한 모습으로 웅크리고 있었다. 하늘에는 열서너 마리가 날고 있었으며, 그들의 움직임에 따라 땅 위의 그림자가 재빨리 움직였다.

"트럭이 고장 난 그날부터, 저 새들은 줄곧 저기에 있었어."

남자가 말했다.

"땅에 내려앉은 건 오늘이 처음이야. 하지만 언젠가는 새들의 이야기를 소설로 쓰고 싶을 때가 있을 것 같아서, 처음에는 날아다니는 모양을 유심히 관찰했었지. 이제 생각하니 우스

운 짓이군."

"제발 그런 생각은 하지 마세요."

여자가 말했다.

"그냥 뜻 없이 말해 봤을 뿐이야. 지껄이고 있으면 한결 편하니까. 그렇지만 당신을 성가시게 굴려는 것은 아니니까 걱정하지 마."

"그런 것이 뭐 그리 성가신 일이겠어요. 잘 아시면서……. 나는 아무것도 해드리지 못해 안타까울 뿐이에요. 비행기가 올 때까지만이라도 편하게 해드려야 할 텐데……."

"어쩐지 비행기가 당도할 때까지만이라는 소리처럼 들리는군."

"제발 제가 할 수 있는 일이나 일러 주세요. 제가 할 수 있는 일이 틀림없이 있을 테니까요."

"내 다리나 좀 잘라 주구려. 그러면 고통도 없어질 거요. 의심스러운 일이긴 하지만……. 그렇지 않으면 날 쏴 죽이든지. 이젠 당신도 명사수니까. 내가 당신에게 총 쏘기를 가르쳐 주지 않았소?"

"제발 그런 말씀은 하지 마세요. 책이라도 읽어 드릴까요?"

"무엇을 읽어 주고 싶소?"

"가방 속에 있는 책 중 뭐든지 읽지 않은 걸로요."

"난 가만히 누워 듣고 있을 수가 없어. 이렇게 떠드는 편이 훨씬 편하거든. 싸움이라도 하고 있으면 시간이 잘 갈 텐데."

"전 싸움 같은 건 안 해요. 하고 싶지도 않고요. 아무리 화가 나더라도 말이에요. 아마 오늘쯤, 그 사람들이 다른 트럭을 타고 돌아올 거예요. 어쩌면 비행기로 올지도 모르고요."

"당신을 더 편하게 해주기 위해서라면 몰라도, 난 꼼짝하기가 싫어. 이젠 움직여 봤자 아무 소용이 없거든."

"그건 비겁한 생각이에요."

"공연히 남을 욕하지 말고, 마음 편히 죽게 내버려 둘 수는 없는 거요? 이제 와서 나를 비난한다고 해서, 무슨 소용이 있겠소?"

"당신은 죽지 않아요!"

"어리석은 소리 그만둬. 나는 지금 죽어가고 있는 중이요. 저 빌어먹을 놈들한테 물어보구려."

그는 크고 추악한 새들이 북슬북슬한 털 속에 털 빠진 대가리를 처박고 앉아 있는 쪽을 바라보았다.

넷째 번 새가 날개를 활짝 펴고 내려와서 처음에는 재빨리 달려가더니 마침내 다른 새들이 있는 곳으로 비척비척 걸어갔다.

"저런 새들은 어떤 캠프의 주위에나 있어요. 당신 눈에 띄지 않았을 뿐이에요. 인간이란 포기만 하지 않으면 죽지 않는 법이래요."

"그런 얘긴 또 어디서 들었소? 바보같이……"

"다른 사람의 일이라고 생각하시는 거지요?"

"천만에! 그건 내 전문이야. 줄곧 해온 거라고."

남자가 말했다.

그는 드러눕더니 아무 말 없이 아지랑이가 피어오르는 벌판의 건너편 숲을 바라보았다. 노란 모래밭에 몇 마리의 산양이 조그맣게 보였고, 저편 멀리에는 파란 숲을 배경으로 한 떼의 하얀 얼룩말이 모여 있는 것이 눈에 들어왔다.

언덕을 등지고 있으면서 큰 나무 그늘 밑에 자리 잡은 이곳은 캠프하기에 적당했고 물이 맑았다. 바로 근처에는 거의 물이 말라 버린 샘이 있었는데, 아침마다 들꿩들이 날곤 했다.

"산들바람이 부는군요. 책이라도 읽어 드릴까요?"

그의 침대 옆 캔버스 의자에 앉아 있던 여자가 물었다.

"그럴 필요 없어."

"아마 트럭이 올 거예요."

"트럭 따윈 아무래도 좋아."

"전 그렇지 않아요."

"나는 아무래도 좋은걸. 당신은 공연한 걱정을 하는군."

"공연한 걱정이 아니에요, 해리."

"술 한 잔 할까?"

"당신에겐 해로울 거예요. 블랙의 책에도 알코올류는 일체 삼가라고 씌어 있어요. 마시면 안 돼요."

"몰로!"

그가 외쳤다.

"네, 주인님."

"위스키소다를 가져와."

"그건 안 돼요. 그런 것이 바로 제가 말한 단념이란 말이에요. 책에도 술은 좋지 않다고 씌어 있고, 나도 당신에게 해롭다는 걸 알고 있어요."

여자가 강하게 말했다.

"아냐. 그것이 내게는 약이야."

남자는 이렇게 해서 모든 것이 끝장나는 것이라고 생각했다. 인생의 끝맺음을 할 기회는 영영 없으리라. 이런 식으로 마시겠다느니, 마시면 안 된다느니 하고 다투면서 끝장이 나는 것이다.

오른쪽 다리에 괴저(壞疽)가 생기면서부터는 고통이 없어지고, 고통과 더불어서 공포감마저 사라졌다. 지금 느끼고 있는 것은 오직 심한 피로와 이 모양으로 끝장이 나는 거로구나 하는 노여움뿐이었다.

지금 닥쳐오고 있는 이 죽음이라는 것에 대해서는 거의 호기심조차 없었다. 몇 해 동안이나 그것이 마음속에서 거의 떠나지 않았으나, 이제는 그것 자체가 무의미하게 느껴질 뿐이었다. 피로에 지치면 죽음조차도 대단치 않게 여겨지다니 참으로 이상한 일이었다.

충분히 알고 나서 쓰고 싶어질 때까지는 쓰지 않겠노라고 다짐해 왔던 일도 이제는 소용없게 되었다. 그러고 보면 글을 쓰다가 실패하는 일도 이미 없어진 셈이다. 어쩌면 원래부터 쓸 능력이 없었는지도 모른다. 그러기에 항상 차일피일 미루기만 하고 착수를 늦춰 오지 않았던가. 아무튼 지금에 와서는 그 모든 것에서 어떤 의미도 찾지 못하고 있으니까……

"우리가 이곳에 오지 않았더라면 좋았을 걸 그랬어요."

유리컵을 손에 든 채 입술을 깨물면서 그를 바라보고 있던 여자가 말했다.

"파리에 있었더라면 당신도 이런 일을 당하지 않았을 거예요. 당신은 파리가 좋다고 늘 그러셨잖아요. 우린 파리에 머물수도 있었고, 또 어디든지 갈 수도 있었는데……. 전 당신이 원하는 곳이라면 어디든지 가겠다고 말했었잖아요. 사냥을 원하셨다면 헝가리에 가서 사냥을 했을 테고……. 만일 그랬다면 정말 즐거웠을 거예요."

"당신이 모은 그 더러운 돈으로 말이지?"

"너무하세요. 돈은 언제나 제 것이기도 하고 당신 것이기도 했어요. 전 모든 걸 버리고 당신이 가자는 대로 어디나 갔었고, 또 원하시는 일이라면 무엇이든 해 왔어요. 하지만 이곳만은 오지 않았더라면 좋았을 걸 그랬어요."

"당신은 이곳이 참 좋은 곳이라고 그러지 않았어?"

"당신이 건강할 땐 그랬지요. 하지만 지금은 싫어요. 당신의 다리가 왜 이렇게 됐는지……. 왜 이런 일을 당해야 하는지 잘 모르겠어요. 우리가 무얼 잘못한 것도 아닌데 말이에요."

"처음에 긁어서 상처가 났을 때 거기에 소독약을 바르는 걸 잊었던 것부터 잘못한 거지. 워낙 병에 잘 감염되지 않는 체질이기 때문에 별로 주의를 하지 않았던 거야. 또 나중에 악화되었을 때도 방부제가 떨어졌기 때문에 그 독한 석탄산 액을 사용한 것이 잘못한 거고……. 모세혈관이 마비되어서 괴저가 생긴 거야."

남자는 여자를 힐끗 쳐다보며 계속 말했다.

"그 밖에 또 무엇이 있었을까?"

"제 말은 그런 뜻이 아니에요."

"그 덜돼먹은 키쿠유 족 운전사 대신에 기계를 잘 아는 사람을 썼더라면, 기름 상태도 잘 살폈을 테고 트럭의 베어링도 태우지 않았을 거야."

"그런 뜻이 아니라니까요."

"당신이 당신 가족이랑 그 빌어먹을 놈의 올드 웨스트베리니, 사라토 가족이니, 팜비치 패들과 헤어져서 날 따라오지 않았더라면……."

"뭐예요? 그런 말은 너무한 거 아니에요? 저는 당신을 사랑했으니까요. 지금도 당신을 사랑하고 있어요. 언제까지나 당신을 사랑할 거고요. 당신은 저를 사랑하지 않으세요?"

"그렇소. 당신을 사랑한다고 생각하지 않아. 한 번도 사랑한 일이 없소."

남자가 단호한 어조로 말했다.

"해리! 무슨 말을 그렇게 하세요? 당신, 머리가 이상해진 것 아니에요?"

"아냐, 이상해지지 않았어."

"그걸 마시면 안 되겠어요. 여보, 제발 좀 마시지 마세요. 우린 할 수 있는 일은 다 해 봐야 해요."

"당신이나 그렇게 하구려. 난 모든 게 피곤해."

『지금 그는 마음속으로 카라카치 역(驛)을 보고 있었다.

그는 짐을 손에 들고 서 있다. 지금 어둠을 뚫고 달려오는 저것은 심프론 오리엔트 철도회사 소속의 열차에서 비치는 헤드라이트다.

퇴각(退却) 후 그는 트라키아를 떠나려고 하는 참이었다. 그것은 그가 나중에 글을 쓰기 위해 간직해 두었던 얘기 중의 하나다.

그날 아침 식사 때 식탁 너머 창으로 눈에 덮인 불가리아의 산들이 보였던 일이 떠올랐다.

'저것이 눈이냐'고 난센의 비서가 노인에게 물었다.

노인은 창밖을 바라보면서 '아니야. 저건 눈이 아냐. 눈이 오기엔 아직 너무 일러' 하고 대답했다.

비서는 딴 여자들에게 '이것 봐, 눈이 아니래' 하고 되풀이해서 말했다. 그러면 여자들은 일제히 '저건 눈이 아니에요. 우리들이 잘못 봤어요'라고 말했다.

그러나 그것은 틀림없는 눈이었다. 주민들의 입주 교대를 시켰을 때, 그는 그들을 눈 속으로 내몰았던 것이다.

그해 겨울, 그들이 죽을 때까지 밟고 간 것은 눈이었다.

그해 크리스마스에도 카벨타알에는 일주일 동안 계속 눈이 퍼부었다. 그해 그들은 나무꾼 집에 묵고 있었는데, 크고 네모진 도자기 난로가 방의 절반을 차지하고 있었다. 잠은 너도밤나무 잎을 잔뜩 넣은 요를 깔고 잤다. 발이 피투성이가 된 탈주병 한 명이 도망쳐 오던 때가 그때였다.

탈주병은 자기 뒤를 헌병이 따라오고 있다고 말했다. 그들은 그에게 털양말을 주어 도망시켜 놓고, 그가 남긴 발자국이 눈으로 뒤덮일 때까지 이야기를 늘어놓아 그 헌병을 붙들어 두었다.

슈룬츠에서의 크리스마스 날, 눈이 너무도 환하게 반짝였기 때문에 술집에서 밖을 내다보면 눈이 아플 정도였다. 그리고 사람들이 교회에서 집으로 돌아가는 것이 보였다. 그들은 썰매에 밟혀 굳어지고 오줌으로 노랗게 물든 눈길을 따라 올라갔다. 소나무로 둘러싸인 강기슭에 가파른 언덕이 있었다. 어깨 위의 스키가 무거웠다.

마르레너 오두막집 위에 눈이 쌓여 계곡에서 대활강(大滑降)을 한 것도 그때였다. 눈은 과자에 입힌 설탕처럼 미끄럽고, 솜털같이 가벼웠다. 새처럼 부드럽고 날렵하게 미끄러져 내릴 때의 스피드가 만들어 내는, 소리도 없는 맹렬한 속도가 지금도 생각난다.

그때는 눈보라 때문에 마르레너의 오두막집에서 오도가도 못 하는 처지가 되어 일주일 동안을 갇혀 있었다. 자욱한 연기가 낀 칸델라 불빛 아래서 트럼프 놀이만을 했었다. 렌트 씨는 지면 질수록 더 많은 돈을 걸었다. 그러다가 결국 가진 것을 몽땅 잃었다. 스키를 가르치고 받은 사례금, 시즌에서 얻은 이익금, 그리고 월급까지도 몽땅 털리고 말았다. 코가 길쭉한 그가 카드를 집어 들자마자 펴 보지도 않고 돈을 걸던 모습이 눈에 선하다.

그 무렵엔 자나 깨나 노름을 했다. 눈이 오지 않는다고 노름을 하고, 눈이 너무 많이 온다고 해서 노름을 하곤 했다. 그는 지금까지 노름으로 낭비한 모든 시간을 생각해 보았다.

그러나 그는 그 일에 대해서는 한 줄의 글도 써 본 일이 없었다. 그리고 그 춥고 맑게 갠 크리스마스에 관해서도 쓴 일이 없다. 그날은 평원 저편의 산맥이 뚜렷하게 보였다. 가드너가 비행기로 전선(戰線)을 넘어, 휴가를 받아 집으로 돌아가던 오스트리아 장교들이 탄 열차를 폭격하고, 뿔뿔이 흩어져 도망가는 그들을 기관총으로 마구 쏘아 댔다.

나중에 가드너가 식당에 들어와서 이야기를 하던 모습이 떠오른다. 그때 모두들 조용히 듣고만 있었는데, 이윽고 누군가가 말했다.

"에이, 무지막지한 살인마 같으니!"

그때 그들이 죽인 사람은 나중에 함께 스키를 했던 같은 오스트리아 사람들이었다. 아니, 똑같지는 않다.

한스, 겨우내 같이 스키를 타던 한스는 카이저 보병대에 소속된 사람이었다. 둘이서 함께 제재소 위쪽 계곡으로 토끼 사냥을 나간 적이 있었다. 그때 그는 파스비오의 전투와 페르티카와 아사로네의 공격담을 신이 나서 떠들어댔는데, 그것도 아직 쓴 적이 없다. 몬테 코르노의 일도, 알 세도의 일에 대해서도 아직 쓰지 않았다.

그는 포랄베르크와 알베르크에서 겨울을 몇 번이나 보냈던 것일까? 그래, 네 번이었어.

그런데 갑자기 브루덴츠까지 걸어갔을 때, 여우를 팔러 온 사나이를 만났던 일이 떠올랐다.

그때는 토산품을 사러 갔었다. 고급 버찌 술과 버찌씨의 맛, 얼어붙은 눈의 표면을 사락사락 미끄러지는 가루눈이 흐르는 듯한 움직임……. '야호! 롤리는 외친다!' 하고 노래를 부르며 마지막 스트레치로 급경사진 골짜기를 달려 내려가서, 그곳에서부터 일직선으로 달리고, 과수원 속을 세 번 구부러져 지나가고, 호수를 건너서 숙소 뒤쪽의 얼어붙은 길로 나왔다.

동여맨 끈을 툭툭 쳐서 늦추고, 스키를 벗어서 숙소 판자벽에 기대 세웠다.

등잔의 불빛이 창에서 비쳐 나오고, 안에서는 연기와 새 포도주의 따스한 향기가 감도는 분위기 속에서 모두가 아코디언을 켜고 있었다.』

"파리에선 어디에 머물렀었지?"

지금은 아프리카에서 자기 옆의 캔버스 의자에 앉아 있는 여자에게 남자가 물었다.

"크리용이이에요. 다 아시면서……."

"내가 어떻게 안단 말이오?"

"우리가 늘 머물던 곳이니까요."

"아냐. 늘은 아니었어."

"그곳하고 상 제르맹 거리의 앙리 4세관이었죠. 당신은 그곳이 마음에 든다고 하셨잖아요."

"마음에 들다니, 그건 말도 안 되는 소리야. 지금 똥 더미에 올라앉아서 홰를 치며 우는 수탉 같은 신세인 내가 그런 말을 했단 말이야?"

남자가 말했다.

"만일 부득이 가셔야 할 경우, 당신은 뒤에 남겨질 것들을 모조리 다 때려 부수고 가려는 거예요? 당신의 말도, 인내도 다 죽이고······. 안장도 갑옷도 다 불살라 버려야만 직성이 풀린단 말이에요?"

여자가 말했다.

"그렇소. 당신의 그 지긋지긋한 돈이 바로 내 갑옷이었어. 나의 스위프트며 나의 아머(스위프트와 아머는 미국의 으뜸가는 부호들이었다)이기도 했어."

"그만하세요!"

"좋아, 그만하지. 더 이상 당신을 괴롭히고 싶진 않으니까."

"그렇게 하기엔 이제는 좀 늦었어요."

"그렇다면 좋아. 좀 더 괴롭혀 줄까? 그게 더 재미있으니까. 당신과 함께 자는 것이 정말 좋았는데, 그 한 가지 일도 이젠 못하게 되었으니……."

"아니에요. 그건 거짓말이에요. 당신은 여러 가지 일을 하길 좋아하셨고, 당신이 좋아하시는 일이라면 나는 뭐든지 해 드렸잖아요."

"이제 그 자기 자랑 좀 그만두지 못하겠소?"

남자가 소리를 지르며 여자를 쳐다보자, 여자는 울기 시작했다.

"이봐요! 당신은 내가 장난으로 이런 말을 하고 있다고 생각하는 거 아니요? 나도 내가 왜 이런 말을 하는지 잘 모르겠어. 당신을 살리기 위해서 당신을 죽이려는 것인지도 몰라. 이야기를 시작할 때는 나도 정상적이었어. 적어도 이러려고 이야기를 한 것은 아니야. 그런데 이제는 완전히 돌아 버렸나봐. 그리고 당신에게 가능하면 못되고 잔인하게 굴려고 애를 쓰고 있어. 하지만 여보, 내가 말하는 것에 크게 신경 쓰지 말아요. 나는 진심으로 당신을 사랑하고 있소. 지금까지 한 번도 누군가를 당신만큼 사랑한 적이 없었소. 그건 당신도 알고 있겠지?"

그는 버릇이 된 거짓말에 자기도 모르는 사이에 어느덧 빠져들었다. 그 거짓말로써 그는 지금까지 빵과 버터를 벌어 왔던 것이다.

"당신은 제겐 참 다정하셨어요."

"요런 암캐 같으니라고! 당신은 돈 많은 암캐야. 아니, 이건 시(詩)야. 지금 내 머릿속엔 시가 가득 차 있어. 헛소리와 시, 헛소리 같은 시가 말이야."

"그만둬요, 해리. 왜 당신은 악마처럼 되려는 거죠?"

204

"나는 무엇이고 남겨두고 가긴 싫어. 무엇이든 남기고 가는 것이 싫단 말이야."

남자가 말했다.

어느덧 해질녘이 되었다.

남자는 잠시 잠이 들었다가 깨었다.

태양이 언덕 너머로 지고, 평원은 그늘로 뒤덮여 있었다. 작은 짐승들이 캠프 근처에서 먹을 것을 찾고 있었다. 머리를 깝작깝작 숙이고 꼬리를 휘휘 저으면서 이제는 수풀에서 꽤 먼 이곳까지 와 있는 것을 그는 바라보고 있었다.

새들은 이제 한 마리도 땅 위에 있지 않았다. 모두가 한 나무 위에 무겁게 올라앉아 있었다. 아까보다 수효가 훨씬 많아졌다.

심부름하는 소년이 그의 옆에 앉아 있었다.

"마님은 사냥 가셨어요. 주인님, 뭘 좀 드릴까요?"

소년이 말했다.

"아무것도 싫다."

여자는 식용(食用)으로 쓸 약간의 고기를 얻기 위해 나간 것이다. 남자가 사냥할 짐승을 바라보기를 좋아한다는 것을 잘 알고 있었지만, 그 모습을 구경할 수 있는 평원의 이 작은 지역만은 소란하게 하지 않으려고 먼 곳으로 갔던 것이다.

항상 '속이 깊은 여자구나' 하고 남자는 생각했다. 그녀가 알고 있는 것, 읽고 들은 것들에 비해서는 매우 사려 깊은 여자였다.

그녀를 처음 알게 되었을 때, 그는 이미 폐인이 되어 있었다. 그리고 그것은 그녀와는 상관없는 일이었고, 그녀의 책임도 아니었다.

남자가 마음에도 없는 헛소리를 늘어놓고 있다는 것을 여자가 어떻게 알 수 있겠는가? 단지 입버릇으로 또는 심심풀이로 여자가 좋아할 말을 지껄이고 있다는 것을 여자가 어떻게 알 수 있겠는가?

남자는 마음에도 없는 헛소리를 지껄인 뒤부터, 자신의 거짓말이 진실을 말할 때보다도 오히려 더 효과적이라는 사실을 깨달았다. 사실은 그가 거짓말을 했다기보다는 오히려 이야기할 만한 진실이 없었던 것이다.

그는 그간 삶을 마음껏 즐겨왔고, 이제는 그것이 끝장나고 있었다. 그러면 이번에는 다른 패들과, 좀 더 돈 많은, 그 고장에서도 가장 상류의 인간들과, 또 새로운 사람들과 다시 생활을 시작했던 것이다.

생각을 멈추고 지난날을 돌아보면, 그것은 그것대로 꽤 재미있었다. 속으로 딴 생각을 하면서도 마음을 단단히 굳히고 있었기 때문에 다른 대부분의 사람들처럼 지리멸렬하는 일은 없었으니 말이다.

하지만 지금까지 해 오던 일을 할 수 없게 되자, 그는 그런 일은 전혀 거들떠보지 않는다는 태도를 취했다. 그러나 마음속으로는 언젠가는 이런 패들의 일들을, 큰 부자들의 이야기를 써 보리라고 생각하고 있었다.

'사실 나는 이런 패들의 동료가 아니고, 그들 사회에 잠입한 스파이이다. 그러기에 그 사회를 떠나 그것에 대해 글을 쓰면, 쓰려는 일을 제대로 알고 있는 작가에 의해 쓰인 것이 된다' 하고 생각했다.

그러나 그러면서도 그는 결국 쓰지 않았다. 아무것도 쓰지 않고, 안일함만을 추구했다. 자기 자신이 경멸하는 인간이 되어 버린 매일의 생활이 그의 재능을 둔탁하게 만들었다. 또한, 일에 대한 의지마저 약하게 했기 때문에 결국 그는 아무것도 쓰지 못하게 되고 말았던 것이다.

그가 지금 사귀고 있는 패들은 일을 하지 않을 때 훨씬 마음 편하게 사귈 수 있는 인물들이었다.

아프리카는 그의 인생의 가장 좋은 때를 가장 행복하게 지냈던 곳이었다. 그래서 그는 새 출발을 할 작정으로 여기에 왔던 것이다.

그들은 이번 사냥에서 호화스러운 사치 대신 최소한의 안락만을 추구했다. 그러나 고생스러운 일은 없었다. 그렇게 함으로써 다시 훈련의 생활로 돌아갈 수 있으리라 생각했던 것이다.

마치 권투 선수가 자기 육체의 지방(脂肪)을 빼기 위해 산속으로 들어가서 노동하고 훈련을 하듯이, 그도 어느 정도 그 자신의 정신을 싸고 있는 지방을 없애 버릴 수 있으리라고 믿었다.

여자도 그런 생활을 기뻐했다. 그녀 스스로 즐기는 것이라고 말하기까지 했다.

그녀는 자극적이고 변화가 따르는 일이라면 무엇이든 좋아했다. 이곳에서 새로운 사람을 만나는 것도 즐거워했고, 이곳에서 벌어지는 여러 생활을 재미있어 했다. 그래서 그도 일하겠다는 의욕이 되살아났다고 착각을 했던 것 같다.

그러나 자신도 잘 알고 있듯이, 지금 이 꼴로 일생이 끝장난다 하더라도 등뼈가 부러진 뱀이 제 몸뚱이를 물어뜯는 것처럼 자기 자신에게 맞서서는 안 된다고 생각했다.

그것은 이 여자 탓이 아니다. 이 여자가 아닌 다른 여자라도 똑같았을 것이다.

만약 자기가 그동안 거짓말로써 생명을 유지해 왔다면, 그 거짓말로써 죽는 것이 마땅한 일일 것이다.

언덕 저 너머에서 총소리가 들렸다.

여자는 사격을 꽤 잘한다. 착하고 돈 많은 암캐인 그녀는 친절한 시중꾼이자 그의 재능을 못 쓰게 만든 파괴자였다.

당치 않은 소리! 그의 재능은 그 자신이 파괴하지 않았던가.

'나를 편안하게 잘 지내게 해 주었다고 해서, 그 여자를 나무란다는 것이 온전한 정신인가?'

그는 자기 자신을 망친 것은 스스로가 재능을 전혀 사용하지 않았기 때문임을 잘 알고 있었다. 그는 자기 자신과 자기가 믿는 것을 배반했다. 감수성(感受性)의 칼날을 무디게 할 정도로 지나치게 술을 마셨다. 나태와 안일과 속물근성을 버리지 못했고, 교만과 편견과 그리고 그 밖의 사소한 일에 수단 방법을 가리지 않았다. 그런 것들이 자신을 망쳤다는 것을 잘 알고 있었다.

　그런데 이건 뭐란 도대체 무엇인가? 낡은 책의 목록인가?

　'도대체 내가 가진 재능이란 무엇인가?'

　그것은 틀림없이 하나의 재능이긴 했으나, 그는 그것을 이용하는 대신에 그것을 밑천 삼아 장사를 했다.

　그의 재능이란 실제로 이룩한 것이 아니었다. 무엇이든 하기만 하면 잘할 수 있다는 생각만을 갖고 살아왔다. 그러면서도 그는 생활을 하기 위해 펜이나 연필을 선택하지 않고, 그 밖의 다른 것에 정신을 빼앗겼다.

　그가 새로운 여자와 사랑에 빠지면 으레 먼젓번 여자보다 돈이 많은 여자였다는 것도 이상한 일이었다. 그가 앞에 있는 여자를 이미 사랑하지도 않으면서 거짓말을 늘어놓고 있을 때, 어느 누구보다도 돈이 많은 또 다른 여자가 그를 사랑하는 것이었다.

　지금의 생활을 도맡아하고 있는 이 여자도 과거에는 남편과 자식도 있었고 애인들도 있었다. 그렇건만 그들에게 만족하지 못하고 지금의 그를 한 작가로서, 남성으로서, 벗으로서 또는 자랑거리로서, 소유물로서 진심으로 사랑하고 있는 것이다.

이 여자를 전혀 사랑하지 않으면서 거짓말만 일삼고 있는 지금, 그가 진실한 사랑을 하던 때보다도 그 여자의 돈의 대가를 더 누릴 수 있다는 것 또한 참으로 이상한 일이 아닐 수 없다.

'사람은 자신이 하는 일에 적응하도록 만들어진 모양이다' 하고 그는 생각했다.

그는 어떠한 방식으로 생계를 이어가든 거기엔 저마다의 재능이 있다고 믿었다. 그간 그는 어떤 한 가지 형식으로 자신의 정력을 팔아먹어 왔지만, 애정이 그리 관여하지 않을 때 지불되는 돈이 훨씬 가치가 크다고 여겨졌다.

그는 이제야 그런 사실을 발견했지만, 그러나 이제 와서는 그것도 글로 쓸 수가 없다. 쓸 만한 가치가 충분히 있다 해도, 쓰지 않겠다고 생각했다.

그녀의 모습이 보였다. 빈터를 가로질러 캠프 쪽으로 걸어오고 있었다. 승마용 바지를 입고 라이플총을 들고 있었다. 두 소년이 산양 한 마리를 어깨에 거꾸로 메고 여자의 뒤를 따라오고 있었다.

아직도 꽤 아름답다고 남자는 생각했다. 정말로 아름다운 육체다. 잠자리에서도 훌륭한 기술과 매력을 지니고 있다.

　미인은 아니었으나 그는 그녀의 얼굴을 좋아했다. 상당한 독서가에다 승마와 사냥을 좋아했다. 그리고 지나치게 술을 많이 마시는 듯했다.

　꽤 젊었을 때 남편과 사별하고, 얼마 동안은 한창 자라는 두 아이들을 돌보는 것에만 몰두했다. 그러다 마침내 아이들은 어머니를 필요로 하지 않게 되었고, 그녀가 옆에 있는 것을 오히려 귀찮게 여겼다. 결국 그녀는 승마와 독서, 그리고 술에 빠진 듯했다.

　저녁 식사 전에 책 읽는 것을 즐겨 했고, 책을 읽으면서 위스키소다를 마시곤 했다. 따라서 저녁 식사 때가 되면 상당히 취해 있었고, 식사 때 포도주를 한 병 마시고 나면 만취되어 잠들어 버리고 마는 것이 일상이 되어 버렸다.

그것은 애인이 생기기 전의 일이었다. 애인이 생긴 뒤로는 과음하는 일도 줄었다. 취해서 잠들 필요가 없었기 때문이었다. 그러나 애인들은 그녀를 싫증나게 했다. 그녀가 전에 결혼했던 남자는 그녀를 싫증나게 하지 않았었는데, 이 사람들은 그녀를 정말 싫증나게 만들었던 것이다.

그럴 무렵, 두 자식 중 하나가 비행기 추락 사고로 죽었다. 이 일이 있은 뒤로는 애인을 갖고 싶어 하지도 않았다. 술을 마셔도 우울을 없애 주는 마취제가 되지 못했으므로 그녀는 무언가 다른 방편을 찾지 않으면 안 되었다. 그녀는 갑자기 자기 자신이 고독 속에 있다는 것을 알고 몹시 두려워하면서, 존경할 수 있는 남자가 필요하다는 사실을 깨달았다.

일은 지극히 단순하게 시작되었다. 그녀는 그의 작품을 좋아했고, 그가 영위하는 생활을 늘 부러워했다. 그는 자기가 하고 싶은 대로 하는 남자라고 그녀는 생각했다.

그녀가 그를 손에 넣고 마침내 사랑에 빠지게 된 것은, 그녀 자신에게는 새로운 생활을 찾은 셈과 같았다. 하지만 그로선

과거의 생활 잔재를 팔아 버렸다는, 줄거리에 따른 진전의 일부분에 지나지 않았던 것이다.

그가 잔재를 팔아 버린 것은 생활의 안정과 위안을 얻기 위해서였다. 그것은 부인할 수 없는 일이었다. 그 밖에 또 무슨 이유가 있었을까? 그것은 그 자신도 알 수 없었다. 그녀는 그가 원하는 것이라면 무엇이든지 사 주었을 것이다. 그것은 그도 알고 있었다.

거기에다 그녀는 대단히 멋진 여자였다. 다른 어느 여자보다도 바로 잠자리에 함께 가고 싶어지는 여자였다. 왜냐하면 그녀는 돈이 많고 친절하며 육감적이었고, 바가지를 긁거나 하지 않았기 때문이었다.

그런데 이 여자가 바로잡아서 일으킨 이 생활도 종말이 가까워 오고 있었다. 그것은 2주일 전, 가시에 무릎이 긁혔을 때 소독을 제대로 하지 않은 데서부터 기인되었다.

둘이서 한 떼의 영양(羚羊)을 사진에 담으려고 했을 때의 일이었다. 영양은 머리를 치켜들고 콧구멍으로 공기를 들이마시면서, 조금이라도 무슨 소리가 나면 숲 속으로 도망쳐 들어가려고 귀를 치켜세우고 있었다. 그때 그만 무릎이 가시에 긁히고 만 것이다. 그리고 셔터를 누르기도 전에 양들은

214

도망쳐 버리고 말았다.

그때 그녀가 다가왔다. 그는 간이침대 위에서 머리를 돌려 여자 쪽을 바라보며 소리쳤다.

"여보!"

"숫양 한 마리를 쏘았어요. 당신에게 맛있는 수프를 끓여드 릴 수 있을 거예요. 크림과 감자를 다져 넣고 말이에요. 그런 데 기분은 좀 어떠세요?"

여자가 남자에게 말했다.

"응. 아주 좋아."

"정말요? 제 생각에도 좋아질 것 같았어요. 제가 사냥 나갈 때, 당신은 주무시고 있었잖아요."

"한 잠 잘 잤소. 멀리 나갔던 거요?"

"아니에요. 저 언덕 너머로 조금 돌아갔을 뿐이에요. 양을 한 방에 멋지게 쏘았어요."

"당신의 사격 솜씨는 정말 대단해!"

"전 사냥을 좋아해요. 아프리카도 좋아하고요. 정말 당신 몸만 건강해진다면, 세상에서 제일 멋있고 즐거운 곳일 텐 데……. 당신과 함께 사냥하는 것이 얼마나 즐거웠는지 당신은 모르실 거예요. 저는 이곳이 점점 좋아지고 있어요."

"나도 그래."

"여보, 당신 기분이 좋아진 걸 보니 내가 얼마나 마음이 놓이면서 기쁜지 모르겠어요. 아까 같은 기분으로 계실 땐, 정말이지 견디기 힘들거든요. 다시는 그런 말씀 하지 않으실 거죠? 자, 약속해 주세요."

"아니. 내가 무슨 말을 했는지 기억나지 않아."

여자의 말에 남자가 힘없이 대답했다.

"저를 엉망으로 만들어 줄 필요는 없잖아요, 안 그래요? 저는 당신을 사랑하고, 또 당신이 원하시는 대로 하려고 하는 여자일 뿐이에요. 저는 벌써 두세 번이나 짓밟힌 사람이라, 당신이 그러면 정말이지 죽고 싶어요. 또다시 저를 엉망으로 만들지는 않으실 거죠?"

"당신을 침대에서 두서너 번 늘씬하게 엉망으로 만들어 주고 싶은데."

남자가 말했다.

"그래요? 그런 엉망이라면 좋아요. 우린 그렇게 하도록 되어 있는걸요. 내일은 비행기가 올 거예요."

"그걸 어떻게 알아?"

"꼭 와요. 확신하고 있어요. 아이들은 벌써 나무를 베고, 연기 올릴 풀을 준비해 놨어요. 오늘도 보고 왔는걸요. 착륙할 공간도 충분하고, 벌판 양쪽에서 불을 피워서 연기를 올릴 준비도 다 되어 있어요."

"그런데 왜 내일 온다고 생각하는 거요?"

"꼭 올 거예요. 이미 예정일이 지났는걸요. 그러면 시내로 나가서 당신 다리를 치료하고, 그리고 둘이서 늘씬하도록 엉망으로 만들어요. 당신이 말씀하신 그런 무서운 말은 말고요."

"같이 술이나 한잔하지? 해도 저물었으니까."

"정말 마시고 싶으세요?"

"이미 마셨는걸."

"그럼 한잔씩 같이해요. 몰로! 위스키소다를 두 잔 가져와."

여자가 소리쳤다.

"모기에 물리지 않게 장화를 신는 게 좋을걸."

남자가 주의를 줬다.

"몸을 좀 씻고 나서 그러겠어요."

어둠이 점점 짙어가는 가운데 두 사람은 술을 마셨다. 이미 사격할 수 없을 만큼 캄캄해졌을 때, 하이에나 한 마리가 언덕을 돌아 나타나서 들판을 질러 건너갔다.

"저놈은 밤마다 저기를 건너가거든. 2주일 동안 하루도 거르지 않고."

남자가 말했다.

"밤에 울음소리를 내는 게 저놈이군요. 전 별로 신경 쓰지 않아요. 하지만 기분 나쁜 짐승이에요."

함께 술을 마시는 동안 남자는 아무런 고통도 느끼지 않았다. 단지 똑같은 자세로 누워 있는 것이 불편할 뿐이었다.

소년들이 불을 피우자, 그림자가 텐트 위에서 춤을 추었다. 이 유쾌하면서도 굴욕적인 생활을 묵인하고 싶은 심정이 다시 되살아나는 것을 느꼈다.

이 여자는 정말로 친절하게 대해 준다. 그런데 오늘 오후에 나는 잔인하고 부당한 짓을 했다. 그녀는 훌륭한 여자다. 정말로 훌륭하다.

바로 그때, '나는 죽어가고 있다'는 생각이 불현듯 그의 머릿속에 떠올랐다. 그 심정은 급격하게 엄습해 왔다. 그것은 물의 흐름이나 바람 같은 느린 감격스러움이 아니고, 난데없이 고약한 냄새를 풍기는 공허함이었다. 그런데 그때 기묘하게도 하이에나가 그 공허의 한끝을 따라 미끄러지듯이 가볍게 스쳐지나간 것이다.

"왜 그러세요, 해리?"

여자가 물었다.

"아무것도 아니야. 당신은 저쪽으로 옮기는 것이 좋겠어. 바람 부는 쪽으로 말이오."

남자가 말했다.

"몰로가 붕대를 감아 주었나요?"

"응. 지금은 붕산을 쓸 뿐이니까."

"기분은 좀 어떠세요?"

"좀 어지러워."

"저는 목욕을 하고 곧 올게요. 같이 식사하고 나서 침대를 안으로 들여놓도록 해요."

여자가 말했다.

"싸움을 멈춘 건 참 잘했어."

남자가 혼잣말로 중얼거렸다.

이 여자와는 그다지 말다툼을 한 적이 없었다. 그가 사랑했던 다른 여자들과는 정말 싸움을 많이 했고, 그 결과 그들이 공유하고 있던 것까지 죽여 버리는 것이 예사였다. 그는 너무 많이 사랑했고, 너무 많은 것을 요구해서, 결국 모든 것을 마모시켜 버렸던 것이다.

　『그가 파리를 떠나오기 전, 싸움을 한 끝에 이스탄불로 혼자 갔던 때의 일이 생각났다. 그동안 줄곧 오입을 계속했지만, 그것이 끝난 뒤에는 외로움과 고독이 진정되기는커녕 점점 악화될 뿐이었다.

　그는 첫 번째 여자, 자기를 버리고 달아난 그 여자에게 이 쓸쓸함을 도저히 참을 수 없다는 심경을 털어놓는 편지를 써 보냈다.

　언젠가 한 번은 레잔스 교외에서 당신을 본 것같이 느꼈을 땐 정신이 아찔해서 가슴이 타는 것 같았다느니, 어딘가에서 당신과 닮은 여자가 있어서 불바르 거리를 따라 뒤를 밟으려고 했는데 잘못 봤다는 것을 알고는, 처음 만났을 때의 기분을 상실할까 봐 겁이 났다느니 하는 얘기였다. 그런가 하면 어느 여자를 데리고 자더라도 그것은 더욱 당신을 그립게 할 뿐이라느니, 당신을 사랑하는 마음이 도저히 가시지 않음을 알게 되었으므로 지난날 당신이 저지른 일은 조금도 문제가 되지 않는다는 둥의 내용이었다.

그는 이런 편지를 아주 진지한 듯이 클럽에서 썼다. 그리고는 분명하고 진실한 어조로 답장은 파리의 자기 사무실로 보내 달라고 덧붙인 다음 뉴욕으로 부쳤다. 그러는 편이 안전하다고 생각했기 때문이다.

그리고 그날 밤엔 가슴이 텅 빈 것처럼 여자가 그리워져서 시내의 술집 근처를 배회하다가 한 여자를 붙잡아서 저녁 식사를 하자고 했다. 식사를 마친 뒤에 춤을 추러 갔으나 여자의 춤이 형편없어서 기분이 나지 않았다. 그래서 그 여자를 버리고 정열적인 아르메니아 매춘부로 상대를 바꿨는데, 이 여자가 어찌나 배를 그에게 비벼대는지 불이 날 지경이었다.

그녀는 영국 포병 하사관과 싸움을 하고 가로챈 여자였다. 그 하사관이 나오라기에 두 사람은 컴컴한 자갈길 위에서 격

투를 벌였다. 그가 포병의 턱을 두 번이나 세게 갈겼는데도 그놈은 나가떨어지지 않았다. 그래서 본격적으로 싸움이 붙었다. 상대는 그의 가슴팍을 갈기고 이어 눈언저리를 때렸다. 그는 다시 왼손을 쳐들어 포병을 한 대 갈겼다. 그러자 포병은 그의 위에 엎어지면서 그의 윗옷을 움켜쥐어 소매를 찢었다. 그는 포병의 뒤통수를 두 번 갈기고, 이어서 그를 밀치듯이 하며 오른손으로 후려갈겼다. 포병은 머리를 부딪치면서 나가떨어졌다.

그때 헌병이 달려오는 소리가 들렸으므로 그는 여자를 데리고 뺑소니를 쳤다. 택시를 잡아타고 보스포터의 해협을 따라 저 멀리 히사까지 차를 달렸다. 그리고 그곳 해안을 한 바퀴 돌고서는 시원한 밤공기를 마시며 되돌아와서 침대에 들어갔다. 그 여자는 겉모습에서 느껴지는 것처럼 지나치게 무르익은 감이 있었지만, 매끄럽고 부드럽고 장미꽃잎 같고 뱃가죽이 반지르르한데다 젖통이 크고, 엉덩이에는 베개를 필 필요가 없었다.

그러나 새벽 어스름에 비친 여자의 너절한 꼴을 보고, 여자가 눈을 뜨기 전에 그곳을 나와 버렸다. 눈언저리에는 검은 멍이 든 채 페라 패리스로 갔다. 옷은 한쪽 소매가 없어졌기 때문에 손에 들고 있었다.

　같은 날 밤, 그는 아나토리아를 향해 출발했다. 그 여행이 끝날 무렵, 그는 아편을 채취하기 위해 온종일 말을 타고 양귀비 밭을 달렸던 일이 생각났다. 나중에는 감각이 이상해져서, 마침내는 거리를 분별하는 데 착각을 일으킨 것같이 생각될 지경이었다.

　그곳은 전투의 치열함을 모르는 신병(新兵)들인 콘스탄틴의 장교들과 합세하여 공격을 시작했던 곳이다. 포병대가 적의 부대에 포격을 가하자, 영국의 관전 무관은 어린애처럼 환성(喚聲)을 질러댔다.

　발레용 스커트 같은 것을 입고, 리본이 달린 장화를 신고 있는 전사자(戰死者)를 그날 처음으로 보았다. 터키 군대는 한 덩어리가 되어 쉴 새 없이 공격을 가해 왔다. 스커트를 입은 병정들이 도망치자, 장교들은 그들을 향해 권총을 마구 쏘아댔다. 이어서 장교들 자신도 도망쳤다.

　그도 영국의 관전 무관과 함께 도망을 쳤다. 숨이 차고, 입안은 동전을 씹은 것 같은 냄새로 가득 찼다. 그들은 바위 뒤에 숨었다. 그러나 터키 병정들은 여전히 무더기를 이루어 밀어 닥쳐오는 것이었다.

　그 뒤에 그는 상상도 할 수 없는 끔찍한 광경들을 보았고,
좀 더 뒤에는 더욱 끔찍한 것을 보고 말았다.

　다시 파리에 돌아와서도 그런 일에 대해서는 얘기할 수도
없었고, 그런 얘기를 듣는 것조차 견딜 수가 없었다.

　어쩌다가 들른 카페에 한 미국인 시인이 있었다. 커피 잔을
앞에 놓고, 감자 모양의 얼굴에 멍청한 표정을 지으며 어떤
루마니아 사람과 다다이즘 운동에 관한 이야기를 하고 있었
다. 그 루마니아 사람은 이름이 트리스탄 짠짜라고 했는데,
언제나 외알 안경을 쓰고 두통을 앓고 있었다.

그는 아내의 아파트로 돌아갔다. 그는 이제 싸움도 하지 않고, 미친 듯이 저지르던 고약한 행위도 씻어 버리고 아내를 다시 사랑하기 시작했다. 그리고 우편물도 사무실에서 아파트로 회송하도록 했다.

그런데 어느 날 아침, 그가 편지를 보낸 그 여자한테서 온 회답이 쟁반에 얹혀져 들어왔다. 그는 필적(筆跡)을 보자 가슴이 철렁해서 그 편지를 급히 다른 편지 밑으로 감추려고 했다. 그러나 아내가 그것을 수상하게 여기며 말했다.

"여보, 그거 누구한테서 온 편지예요?"

이렇게 해서 그의 새로운 생활은 시작하자마자 끝장이 나고 말았다.

그는 여자들과 함께 지내던 때의 즐거움과 그리고 싸움을 했던 일을 회상해 보았다.

그들은 언제나 싸움하기에 적합한 장소를 고르곤 했다. 그런데 언제나 그가 기분이 가장 좋을 때 싸움을 벌이고 했던 것은 무슨 까닭이었을까? 그런 일에 대해서도 아직 단 한 번도 쓴 일이 없었다.

그것은 처음에는 아무도 상처 입게 하기 싫었기 때문이었는데, 그 뒤로는 그런 것을 쓰지 않더라도 얼마든지 쓸 것이 충분할 것같이 생각되어졌기 때문이었다. 그러나 언젠가는 그것을 쓰리라고 그는 늘 생각하곤 했다. 쓸 것은 참으로 많았으니까……

그는 이 세상의 변화를 보아 왔다. 그것도 단순하게 표면의 사건만 보아 왔던 것이 아니다. 사건도 많이 보아 왔고, 인간도 관찰해 왔다.

그러나 그것보다도 좀 더 미묘한 사회의 변화를 보아 왔다. 따라서 시대의 변천에 따라 인간이 어떻게 변해 가는가를 생각해 낼 수 있었다. 그 속에서 살아왔고, 그것을 관찰해 왔기 때문이다.

그것을 쓰는 것은 그의 의무이다. 그러나 이제는 영영 쓰지 못할 것이다.』

"기분은 좀 어떠세요?"

여자가 물었다.

여자는 목욕을 마치고 텐트에서 나오는 참이었다.

"좋아."

"그럼 식사를 하실래요?"

그녀 뒤에는 몰로가 접는 식탁을 들고, 다른 소년이 수프가

든 접시를 들고 서 있었다.

"나는 글을 쓰고 싶어."

남자가 말했다.

"수프라도 좀 드시고 기운을 차리시고 나서요."

여자가 말했다.

"난 이제 죽을 거야. 기운을 차려 봐야 아무 소용도 없어."

"해리! 그런 연극 같은 소리는 그만두세요. 부탁이에요."

"당신은 코를 두었다 어디에 쓸 작정이야? 내 넓적다리는
이미 반이나 썩어 버렸어. 이런데 수프 따위를 먹어서 뭘 한단
말이야? 몰로! 위스키소다를 가져와!"

"제발! 술은 안 돼요. 먼저 수프를 좀 잡수세요."

여자가 상냥하게 말했다.

"그래, 먹지."

수프는 너무 뜨거웠다. 먹기 좋을 만큼 식을 때까지 손에
컵을 들고 있지 않으면 안 되었다. 잠시 뒤 그는 군소리 없이
그것을 다 마셨다.

"당신은 훌륭한 여자야. 하지만 내 일은 상관 말아 줘."

남자가 말했다.

그녀는 묘하게 호감을 갖게 하는 얼굴로 그를 쳐다보았다.

그것은 <스파>지(誌)나 <타운 앤드 컨트리>지(誌) 같은 데 흔히 나오던 얼굴이었다. 다만 술과 잠자리 일 때문에 약간 얼굴이 수척해졌을 뿐이었다. 그러나 <타운 앤드 컨트리> 같은 데는 그처럼 탐스러운 젖가슴이며 쓸모 있는 넓적다리, 애무에 민감한 손은 실려 있지 않았다.

야릇하게 아름다운 그녀의 미소를 보고 있는 동안에, 그는 다시금 죽음이 다가오는 것을 느꼈다. 그러나 이번에는 갑작스럽게 엄습해 오는 그런 것이 아니었다. 촛불을 사르르 흔들어 불꽃을 높이 타오르게 하는 산들바람처럼 그렇게 다가오는 것이었다.

"나중에 아이들에게 모기장을 가져오라고 해서 나뭇가지에 매달아 줘. 그리고 불을 피워 줘요. 난 오늘 밤 텐트에 들어가지 않을 거야. 움직인다고 해도 별수 없어. 오늘 밤은 맑으니까 비가 오지도 않을 거야."

결국 이처럼 귀에 들리지 않는 조그만 속삭임 속에서 사람은 죽어가는 것이다. 그렇다. 이젠 싸움을 하는 일도 없을 것이다. 그것만은 약속할 수 있다. 그러나 이제까지 경험하지 못한 한 가지 경험만은 깨뜨리지 못할 거다. 그러나 이것마저 깨뜨려 버릴지도 모른다. 이제까지 나는 모든 것을 다 못쓰게 만들어 버렸으니까……. 하지만 아마 그렇지는 못할 것이다.

"당신, 받아쓰기는 못 하겠지?"

"네, 해 본 적이 없어요."

여자가 대답했다.

"그럼 좋아."

물론 이젠 시간이 없었다. 초점을 맞추어 잘만 추린다면 모든 것을 한 문장으로 압축할 수 있을 것 같은 생각도 들었지만…….

『호숫가 언덕 위에 갈라진 틈을 모르타르로 희게 칠한 통나무집 한 채가 서 있었다. 문 옆에는 장대가 서 있고, 식사 시간을 알리는 종이 거기에 매달려 있었다. 집 뒤에는 밭이 있고, 그 밭 너머로는 숲이 있었다.

롬바르디아 종(種) 포플러나무가 집에서부터 선창에 이르기까지 한 줄로 줄지어 있었고, 다른 포플러들은 곶을 따라 쭉 늘어서 있었다. 한 줄기 길이 숲가를 따라 언덕으로 뻗쳐 있고, 그는 이 길을 따라 걸으면서 검은 딸기를 따먹곤 했다.

나중에 그 통나무집은 불타 버렸고, 벽난로 위에 사슴 다리로 만든 총걸이에 걸어 두었던 엽총도 불타 버렸다.

나중에 보니 탄창의 탄환은 녹아 버렸고, 개머리판도 타서 총신이 잿더미 위에 굴러다녔다. 그 재는 큰 쇠로 만든 세탁용 솥에 넣는 잿물을 만드는 데 쓰였다.

타다 남은 총신을 가지고 놀아도 괜찮으냐고 할아버지에게 물었더니, 안 된다고 말했다. 타 버리기는 했지만, 자기 총이라는 뜻이었으리라.

할아버지는 그 뒤로 다시는 총을 사지 않았다. 뿐만 아니라 더 이상 사냥도 나가지 않았다.

이번에는 같은 장소에다 널빤지로 집을 다시 짓고 하얗게 칠을 했다. 현관에서는 포플러와 건너편의 호수가 보였다. 그러나 이제 총은 없었다.

통나무집 벽의 사슴 다리에 걸려 있던 총의 총신은 아직도 잿더미 위에 구르고 있었지만, 누구 하나 그것에 손대는 사람이 없었다.

전쟁 후에 우리들은 블랙 포리스트에서 송어 낚시터를 빌린 일이 있었는데, 그곳으로 가는 길은 두 가지였다.

그 하나는 트리베르크에서 골짜기로 내려가는 길인데, 하얀 길 옆에 늘어서 있는 나무숲 밑의 길을 따라 돌아서 언덕으로 뻗은 샛길을 올라간다. 그곳에서 쉬발츠발트 풍(風)의 커다란 집들이 서 있는 조그만 농장을 몇 개 지나면 시내와 교차된 곳까지 가는 길이 나온다. 그곳이 바로 우리가 낚시질을 시작한 곳이었다.

또 하나의 길은 험한 언덕길을 올라가 숲 끝까지 간 다음 소나무 숲을 뚫고 언덕 꼭대기를 넘는다. 거기서 초원 언저리로 나와, 다시 이 초원을 가로질러 다리 쪽으로 내려가면 길이 있다. 강변을 따라 자작나무 숲이 있고, 강의 폭은 그리 넓지 않으나 물이 맑고 물살이 빨랐다. 자작나무 뿌리 밑으로 패어진 곳은 깊은 웅덩이를 이루고 있었다.

트리베르크의 호텔 주인에게는 경기가 좋은 계절이었다. 매우 기분이 좋은 곳이라, 우리는 모두 사이좋게 지냈다. 그 이듬해 불경기가 닥쳐왔다. 지난해 번 돈으로 호텔을 운영하는 데 필요한 물자를 사들일 수가 없어서 주인은 목을 매어 죽고 말았다.

여기까지는 받아쓰게 할 수도 있다. 하지만 콩틀스컬프 광장(廣場)에 대한 일은 도저히 받아쓰게 할 수 없을 것이다.

그곳에선 꽃장수들이 길거리에서 꽃에 물감을 들이고 있었고, 버스가 출발하는 부근의 보도 위까지 그 물감의 물이 흐르고 있었다. 노인과 여자들은 포도주나 포도즙을 짜고 난 찌꺼

기로 만든 값싼 술을 마시고는 언제나 얼큰히 취해 있었고,
아이들은 추위 때문에 콧물을 줄줄 흘리고 있었다.

카페 에 자마퇴르에서는 더러운 땀 냄새와 빈곤과 주정뱅
이 냄새가 풍기고 있었으며, 그들이 살고 있는 방 아래의 발
뮈제트에는 매춘부들이 유숙하고 있었다. 문지기 여자는 프
랑스 공화국의 기병을 자기 방에서 접대하고 있었고, 말총을
꽂은 기병의 헬멧이 의자 위에 놓여 있었다.

복도의 맞은편 방에 세 들어 있는 여자의 남편은 자전거
경주 선수였다. 그날 아침 우유 가게에서 로또 지(紙)를 펴들

고, 자기 남편이 처음 출전한 파리-뚜르 간 대경주에서 3등을 했다는 기사를 보면서 기뻐하던 여자의 표정…… 여자는 새빨개진 얼굴로 큰 소리로 웃어대며 황갈색의 스포츠신문을 든 채 무엇이라 떠들어대면서 이층으로 뛰어올라갔다.

발 뮈제트를 경영하고 있는 여자의 남편은 택시 운전사였다. 그가, 즉 해리가 일찍이 첫 비행기로 떠나야 했던 날 아침에 그 운전사는 문을 두들겨서 그를 깨워 주었다. 그들은 출발하기 전에 양철을 깐 카운터에서 백포도주를 한 잔씩 마셨다. 그 무렵, 주위의 이웃 사람들은 모두 가난했으므로 잘 사귀면서 지내왔었다.

그 광장의 주위에는 두 종류의 인간들이 있었다. 주정뱅이와 스포츠 애호가였다. 주정뱅이는 술에 취해 자기의 가난을 잊었고, 스포츠 애호가는 운동에 정신이 팔려 자기의 가난을 잊고 있었다.

그들은 파리 코뮌(1871년 3월에서 5월까지 파리를 지배한 혁명적 노동자 정부) 당원(黨員)의 자손들이지만, 정치적 문제로 옥신각신하는 일은 없었다. 그들의 자기들의 부모 형제, 그리고 친척과 친구를 누가 사살했는지 잘 알고 있었기 때문이다.

그때는 베르사유 군대가 쳐들어와서 코뮌 자치정부의 뒤를

이어 파리를 점령하고, 손이 거친 사람들이나 노동모를 쓴
사람, 그 밖에 노동자라는 표시가 있는 사람이면 닥치는 대로
잡아서 처형해 버렸다.

그는 그런 불안에 싸인 채, 말 고깃간과 포도주 협동조합의
건너편 숙소에서 차차 쓰려고 했던 작품의 첫 부분을 썼다.

파리에서 그곳만큼 마음에 드는 곳은 없었다. 가지가 쭉
뻗은 나무들, 아래쪽을 갈색으로 칠한 흰 벽으로 된 낡은 집들,
광장에 서 있는 초록빛의 긴 승합차, 포도(鋪道) 위에 흐르는
자줏빛 꽃 물감, 카르디날 르모와느 거리의 언덕에서 센 강으
로 내려가는 가파른 비탈길, 그 반대쪽에 있는 무프타르 거리
의 비좁고 복닥거리는 골목, 판테온 쪽으로 올라가는 길과
언제나 그가 자전거로 달리곤 했던 또 하나의 길……. 그것은
그 구역에서는 오직 하나밖에 없는 아스팔트길이었고, 자전
거 바퀴도 매끄럽게 굴러갔다.

지붕이 높고 집칸이 작은 집들이 늘어서 있었고, 폴 베를레
느가 마지막 숨을 거두었다는 싸구려 호텔의 높은 건물도 있
었다.

그들이 살고 있던 아파트에는 방이 두 개밖에 없었다. 때문
에 그는 그 호텔의 맨 위층 방 하나를 월 60프랑에 빌려 그곳

에서 글을 썼었다. 거기서는 파리 시내의 지붕과 굴뚝과 언덕들이 바라다보였다.

아파트에서는 장작과 석탄 파는 가게밖에 보이지 않았다. 그 가게에서는 포도주도 팔고 있었다. 형편없는 포도주였다. 말 고깃간의 바깥에는 황금색의 말머리가 장식되어 있고, 열려진 창으로는 불그레한 누런빛의 말고기가 걸려 있다. 그들이 늘 포도주를 샀던 녹색 페인트칠을 한 포도주 협동조합도 보였다. 그곳에는 좋은 포도주도 있고 싼 술도 있었다.

그 외에는 회벽을 칠한 벽과 이웃집 창들뿐이다. 밤에 누군가가 술에 취해 길거리에 나자빠져서 ― 표면상으로는 그런 것은 존재하지 않는다고 되어 있는, 그 전형적인 프랑스식의 주정 투로 ― 신음하고 끙끙대면, 이웃 사람들은 창문을 열고 중얼중얼 떠들어대는 것이었다.

"경찰은 어디 있는 거야? 볼일이 없을 땐 언제나 근처를 돌아다니면서……. 틀림없이 어느 문지기년하고 자빠져 자고 있을 거야. 당장 경찰을 불러와!"

그런 중에 누군가가 창을 열고 물 한 통을 퍼붓는다. 그러면 신음소리는 이내 그치고 만다.

"이건 뭐야? 물이로군. 그거 제법 괜찮은 방법인데."

그러면 창문이 닫힌다.

그가 데리고 있던 가정부 마리는 여덟 시간 노동제에 대해 항의를 했다.

"남편이 6시까지 일을 하게 되면 집으로 돌아오는 길에 간단하게 한잔하는 정도일 테니 돈도 크게 낭비되지 않을 거예요. 그렇지만 5시에 일이 끝나면 매일 밤 잔뜩 취해서 빈털터리가 되고 말 거예요. 노동 시간이 짧아져서 골탕 먹는 사람은 노동자의 마누라뿐이라니까요."』

"수프를 좀 더 드시지 않겠어요?"

그때 여자가 물었다.

"아니, 이제 됐어. 맛있는데."

"그럼 조금 더 드세요."

"난 위스키소다를 마시고 싶어."

"그건 당신 몸에 좋지 않아요."

"물론 그렇지. 콜 포터(미국의 대중음악 작곡가)가 그런 가사를 써서 작곡까지 했으니까. '나는 좋지 않아' 하는 거 말이야. 당신이 나에게 지나치게 신경 쓰는 것을 알고 있는 모양이야."

"아시다시피 저도 당신에게 술을 드리고 싶지만……."

"아, 그럴 거요. 하지만 내 몸에 나쁘니까 그렇단 말이지?"

'이 여자가 가 버리면, 마시고 싶은 대로 마실 테데' 하고 그는 생각했다.

'마시고 싶은 대로라고도 할 수 없겠지만, 지금 여기 있는 것만은……. 아아, 피곤하다. 너무 피곤해. 좀 자야겠다.'

남자는 이렇게 생각하며 가만히 누웠다.

마음은 거기에 없었다. 어딘가 다른 거리로 돌아서 가 버린 모양이었다.

둘이서 자전거를 타고 포도 위를 소리 없이 달리고 있는 거겠지.

『그렇다. 나는 파리에 대해서 아직 한 번도 써 본 일이
없다. 언제나 마음에 간직하고 있는 저 파리에 대해서는 쓰지
않았다. 그러면 아직 한 번도 써 본 일이 없는 다른 일에 대해
서는 무엇을 썼던가?』

그 목장의 은회색 쑥이며 관개용 수로의 몹시 빠르고 맑은
물에 대해서, 짙은 초록색 토끼풀 등에 대해서는 어떠했던가?

산길은 언덕 위로 뻗어 있고, 여름의 소들은 사슴처럼 수줍
어한다. 가을이 되어 그 소들을 산에서 몰고 올 때의 울음소리,
끊임없는 아우성 소리, 먼지를 일으키며 천천히 움직이는 한
무리의 소 떼들…… 그리고 산 너머의 높은 봉우리가 저녁
햇빛 속에서 뚜렷한 윤곽을 그리고 있고, 달빛을 받으면서
말을 타고 오솔길을 내려오면 건너편 골짜기까지 훤히 밝다.
어둠 때문에 앞이 보이지 않아 말의 꼬리를 잡고 숲 사이를
내려오던 일도 생각난다. 그 밖에 써 볼 생각이 있던 모든
이야기들이…….

그때 목장에 홀로 남겨져서 아무에게도 건초(乾草)를 가져
가지 못하게 하라는 말을 듣고 있던 바보 같은 일꾼 소년,

그리고 사료를 조금 훔치려고 목장에 들어왔던 포크스 가의 그 심술궂은 늙은이. 이 늙은이는 소년을 자기 집에서 부리고 있었을 때 곧잘 때리곤 했는데, 이때 소년이 안 된다고 거절하자 늙은이는 또 때리겠다고 위협했다.

소년은 부엌에서 라이플총을 들고 나와 늙은이가 헛간에 들어가려고 할 때 그를 쏘았다. 사람들이 목장으로 돌아왔을 때, 늙은이는 죽은 지 이미 일주일이나 지나 있었다. 시체는 가축우리 속에 꽁꽁 얼어붙어 있었고, 시체의 일부는 개들이 뜯어먹고 있었다. 시체의 남은 부분을 모포에 싸서 썰매 위에 싣고 밧줄로 동여맨 다음, 소년에게 거들게 하여 그것을 끌고 갔다.

이리하여 소년과 둘이서 스키를 타고 고개를 넘어 도로 위로 나와 60마일이나 떨어진 마을로 내려간 다음, 그 소년을 경찰에 인도했다.

소년은 자기가 체포되리라고는 전혀 생각하지 못했다. 자기는 의무를 다한 것이며, 그와는 친한 사이라고 굳게 믿고 있었기 때문에 체포가 아니라 무슨 상이라도 받을 줄 알았던 것이다.

이 일로 인해 늙은이가 얼마나 사악했는가, 또 늙은이가 자기 것도 아닌 사료를 어떻게 훔치려고 했는가를 모두 명확히 알 수 있었다. 그래서 경관이 수갑을 채웠을 때, 소년은 사실을 믿을 수가 없었다. 그러자 소년은 울기 시작했다.

이것도 그가 써 보리라 생각했던 이야기의 하나였다.

그곳에서 보고 경험한 여러 가지 일 가운데 적어도 스무 가지 정도의 얘기를 알고 있다. 하지만 아직 하나도 쓰지 않았다. 어째서일까?』

"어째서인지 말해 줘."

남자가 말했다.

"뭐가 어째서예요?"

"아니, 아무것도 아니야."

그녀는 이 남자를 손에 넣은 후부터 술을 많이 마시지 않게 되었다. 그러나 그가 요행으로 다시 살아난다 하더라도 이 여자에 대해서는 결코 쓰지 않을 것이다. 그는 그것을 잘 알고 있다. 또 그녀의 친구들에 대해서도 쓰지 않을 것이다.

도대체 돈이 많은 놈들이란 우둔하고 따분한 족속들이다. 술에 젖어 살든지 혹은 노름에 빠져 사는 등으로 같은 일만 되풀이하는 따분한 놈들이다.

그는 가난한 줄리앙이 생각났다. 줄리앙은 부자 놈들에 대해서 로맨틱한 존경심을 품고 있었다. 한때는 '부자들은 자네나 나와는 다른 족속이다'라는 첫 구절로 시작되는 소설을 쓰려고 한 적도 있었다. 그때 누군가가 줄리앙에게 '그래, 그 자들은 우리보다 돈을 많이 가지고 있지' 하고 맞장구를 쳤다.

그러나 줄리앙에게는 그 말이 유머로 들리지 않았다. 줄리앙은 부자라는 것은 특수한 매력을 지닌 족속이라고 생각하고 있었던 것이다. 그런데 그렇지 않다는 사실을 알게 되자, 그 어떤 일보다도 기분이 상했던 모양이었다.

그는 패배한 인간을 경멸했다. 이해할 수 있다고 해서 좋아해야 할 필요는 없는 것이다. 그는 무슨 일이든지 이겨낼 수 있다는 자신감이 있었다. 왜냐하면 무슨 일이든지 개의치만 않는다면 그것이 자신에게 상처를 입힐 수는 없다고 믿었기 때문이다.

그렇다! 그러니까 이젠 죽음에 대해서도 염려하지 말자. 그가 언제나 두려워했던 것은 오직 하나, 고통뿐이었다. 고통이 지나칠 정도로 지속되어 그를 지쳐 버리게 하지 않는다면, 그도 남 못지않게 고통을 참고 견딜 수 있다.

그러나 지금 여기에는 그에게 무섭게 상처를 입히고 고통을 주는 그 무엇이 있었다. 그것이 자기를 파괴하리라고 느끼는 순간, 고통은 멈추어 버렸다.

『오래 전에, 폭파 장교인 윌리엄슨이 철조망을 뚫고 참호로 들어가다 독일군 순찰병이 던진 수류탄에 맞았을 때의 일이 생각났다.

그는 비명을 지르면서 누구든지 자기를 죽여 달라고 애원했다. 약간 허풍을 떠는 버릇이 있었지만, 뚱뚱한 몸집에 대단히 용감하고 훌륭한 장교였다.

그러나 그날 밤 적의 탐조등에 발각되었고, 배창자가 튀어나와 철조망에 걸려 있었다.

그래서 전우들이 목숨이 아직 붙어 있는 그를 끌어내리기 위해 창자를 잘라내지 않을 수 없었다.

"나를 쏴 주게. 해리, 제발 부탁이야. 나를 쏴 주게."

어느 때인가 '주님은 우리에게 견딜 수 없는 고통을 주시진 않는다'라는 문제를 두고 토론한 적이 있었다. 그때 누군가가 '그것은 적당한 시기기 오면 고통은 자동적으로 사라진다'는 뜻이라고 말했었다.

그러나 그는 그날 밤의 윌리엄슨의 일을 잊지 못했다.

그가 자신이 사용하려고 간직해 두었던 모르핀 정제(錠劑)를 모두 털어 줄 때까지 윌리엄의 고통은 조금도 사라지지 않았다.

모르핀조차도 바로 효력이 나타나지 않았다.』

그래도 현재 자신이 겪고 있는 이 정도의 고통은 아무것도 아니라고 남자는 생각했다. 이러한 상태가 계속되더라도 더 이상 악화되지 않으면 조금도 걱정할 것이 없다. 더 나은 상대와 있고 싶어 하는 마음 이외에는……

같이 있었으면 좋겠다 싶은 상대에 대해 남자는 잠시 생각해 보았다.

'아니야. 무슨 일을 하든 너무 오랫동안 한다든가 너무 늦게까지 하면 친구들에게 함께 있어 달라고 기대할 수가 없다.'

사람들은 다 가 버렸다. 파티는 끝났고, 지금 남아 있는 사람은 남자와 여자뿐이었다.

'다른 모든 것이 귀찮은 것과 마찬가지로 죽음 또한 귀찮아지는구나.'

남자는 생각했다.

"모든 것이 귀찮아."

남자가 소리 내어 말했다.

"여보, 뭐가요?"

"뭐든 간에 너무 오래하면 다 그렇단 말이야."

남자는 자기와 모닥불 사이에 있는 여자의 얼굴을 바라다
보았다.

여자는 의자에 기대앉아 있었는데, 모닥불 빛이 아름다운
얼굴의 윤곽을 드러내 주고 있었다. 여자가 졸린 얼굴을 하고
있는 것도 알 수 있었다.

불빛이 비치지 않는 바로 옆에서 하이에나가 움직이고 있
는 소리가 들렸다.

"나는 소설을 쓰고 있었어. 그런데 좀 피곤하군."

남자가 말했다.

"주무실 수 있겠어요?"

"그럼. 그런데 당신은 왜 안 자지?"

"당신하고 여기 있고 싶어요."

"무슨 이상한 느낌이 들지 않소?"

남자가 여자에게 물었다.

"아뇨. 그냥 조금 졸릴 뿐이에요."

"나는 이상한 느낌이 드는군."

남자가 말했다.

그는 죽음이 다시 다가오고 있는 것을 느꼈다.

"내가 지금까지 한 번도 잃지 않았던 것은 호기심뿐이야."

남자가 여자에게 말했다.

"당신은 아무것도 잃지 않았어요. 제가 아는 한에서는 가장 완전한 사람인걸요."

여자가 말했다.

"천만에! 여자들은 어쩌면 그렇게 모를까…… 그게 도대체 뭐지? 당신의 직감이오?"

바로 그때 죽음이 다가와 침대 발치에 머리를 기대고 있어서, 그는 죽음의 입김 냄새를 맡을 수 있었다.

"죽음의 신이 큰 낫과 두개골(頭蓋骨, 죽음의 신을 상징한다)을 가지고 있다고 믿어선 안 돼."

남자가 말했다.

"죽음이란 놈은 자전거를 타고 오는 두 사람의 경찰도 될 수 있는 일이고, 또 새[鳥]가 될 수도 있는 거야. 하이에나처럼 커다란 코를 가진 놈일 수도 있단 말이야."

죽음은 시시각각 그에게로 다가오고 있었다. 그러나 이제는 형상도 없었다. 다만 공간을 차지하고 있을 뿐이다.

"저리 가라고 말해 줘."

죽음은 물러가지 않고, 도리어 조금씩 다가왔다.

"네 입김 냄새는 정말 지독하구나."

남자는 죽음을 향해 말했다.

"이 고약한 냄새를 피우는 놈아!"

죽음은 더욱 가까이 다가왔다. 이젠 그것을 향해 입을 열 수도 없을 지경이었다. 입을 열지 못하는 것을 알자, 그것은 더욱 가까이 다가왔다.

남자는 지금 말을 하지 못하지만 그놈을 쫓아 버리려고 했다. 그러나 그것은 그에게 덤벼들어, 그 무게로 그의 가슴을 억눌렀다. 죽음이 그곳에 웅크리고 있기 때문에, 그는 움직일 수도 말을 할 수조차 없게 되었다.

그때 여자의 말소리가 들렸다.

"주인님은 잠이 드셨으니, 침대를 가만히 들어 텐트 안으로 모셔요."

죽음을 쫓아 달라고 여자에게 말하려 했으나 입이 도무지 열리지 않았다.

가슴에 웅크리고 있던 그놈은 점점 더 무겁게 압박해 왔다. 숨을 쉴 수도 없었다.

그러나 침대를 쳐들고 있는 동안 상태가 갑자기 정상으로 돌아오고, 중압(重壓)도 가슴에서 없어져 버렸다.

아침이었다. 날이 밝은 지 오래였다. 그는 비행기 소리를 들었다. 비행기는 처음에는 아주 조그맣게 보이더니, 점점 커다란 원을 그렸다.

소년들은 달려 나가서 등유로 불을 지르고는 그 위에 마른 풀을 쌓아 올렸다.

그러자 평평한 벌판 양쪽에서 커다란 연기가 올라가고, 아침 산들바람에 캠프 쪽으로 연기가 몰아쳤다.

비행기가 이번에는 저공(低空)으로 두 번 원을 그리며 내려오더니, 수평을 유지하면서 사뿐히 내려앉았다.

그리고 그에게로 걸어온 사람은 옛 친구인 켐프톤이었다. 느슨한 바지에 트위드의 재킷을 입고 갈색 펠트 모자를 쓰고 있었다.

"자네, 어떻게 된 일이야?"

켐프톤이 물었다.

"다리를 다쳤다네."

남자가 대답했다.

"아침을 먹어야지?"

"아니. 차나 한잔하면 돼. 자네도 보다시피 프스모스 기(機)로 와서, 부인은 같이 모실 수가 없네. 한 사람의 좌석밖에 없으니까. 지금 트럭이 오고 있는 중이야."

헬렌이 켐프톤을 옆으로 데리고 가더니 뭐라고 얘기를 하는 듯했다. 켐프톤은 조금 전보다 밝은 표정이 되어 돌아왔다.

"우선 자넬 태워야지."

켐프톤이 말했다.

"그리고 부인을 모시러 다시 돌아올 거야. 그런데 연료를 보급하기 위해서 아루샤에 들러야 될지도 몰라. 아무튼 빨리 출발하세."

"차(茶)는 어떻게 할 텐가?"

"차 같은 건 아무래도 상관없네."

소년들은 침대를 메고 바위를 돌아내려가 그를 평지로 운반했다. 훨훨 타오르고 있는 모닥불 옆을 지나갔다. 쌓인 건초에 붙은 불이 마침 불어온 바람에 한참 타오르고 있었다.

소형 비행기가 있는 곳으로 왔다. 그를 비행기에 태우는 것이 보통 일은 아니었지만, 일단 올라타게 되자 그는 가죽 좌석에 몸을 기댄 다음 다리를 켐프톤의 좌석 옆으로 똑바로 뻗었다.

켐프톤은 발동을 건 다음 올라탔다. 그는 헬렌과 소년들에게 손을 흔들었다.

부릉부릉하는 소리가 귀에 익은 엔진 소리로 변하자, 기체가 빙글 돌았다. 켐프톤은 혹시 산돼지 구멍이 없나 하고 두리번거렸다. 그러는 동안에 기체는 소리를 내며 흔들리더니, 두 개의 모닥불 사이의 들판을 달려서 마지막 흔들림과 함께 공중으로 떠올랐다.

모두가 서서 손을 흔드는 것이 아래로 보였다. 그리고 언덕

옆 캠프가 납작하게 보였고, 평원이 펼쳐져 있는 것이 보였다. 뿐만 아니라 나무들과 울창한 숲도 납작하게 보였다.

그런가 하면 짐승들이 다니는 길 몇 개가 메마른 샘이 있는 곳까지 반들반들 나 있었고, 지금까지 한 번도 보지 못했던 새로운 물줄기가 보였다.

얼룩말은 등만 조그맣게 보였고, 기린들도 커다란 대가리만한 점으로 되어 긴 손가락처럼 펼쳐지며 들판을 가로질러 올라가는 것같이 보였다. 그러다가 비행기의 그림자가 다가가자, 사방으로 흩어졌다. 너무나 작게 보여서 달리고 있는 것 같지도 않았다.

지금 내다보이는 평원도 이제는 뿌연 황색으로 보일 따름이었다. 그리고 바로 눈앞에는 트위드 재킷을 입은 켐프톤의 등과 갈색 펠트 모자가 보일 뿐이었다.

그 순간, 그들은 첫 번 언덕 위를 넘어섰다. 기린들이 그 뒤를 쫓아왔다. 그러다가 갑자기 짙은 녹색 숲이 솟아 있는 깊은 골짜기와 대나무가 무성한 비탈진 산등성이를 넘었다. 다음엔 산봉우리와 골짜기로 굴곡이 진 울창한 산림을 지나갔고, 언덕이 비스듬히 낮아지더니 또 하나의 평원이 나타났다. 평원은 보랏빛을 띤 갈색으로 보였고, 그 열기 때문에 기체의 동요가 심해졌다.

비행기의 동요가 심해지자, 켐프톤은 해리의 상태가 어떤지를 살피려고 뒤를 돌아보았다. 앞쪽에는 거무스름한 산맥이 솟아 있었다. 그러자 비행기는 아루샤로 향해 날지 않고 왼쪽으로 방향을 돌렸다. 분명 연료는 충분하다고 생각한 모양이다.

아래를 내려다보니, 체로 친 듯한 핑크빛의 엷은 구름이 땅 위 가까운 공중에 떠돌고 있는 것이 보였다. 그것은 어디서 왔는지 모르는 눈보라의 첫눈처럼 보였는데, 곧 그것이 남방으로부터 날아온 메뚜기 떼라는 것을 알 수 있었다.

비행기가 상승하기 시작했고, 동쪽을 향해 날고 있는 것 같았다.

잠시 뒤 갑자기 어두워지더니, 비행기가 폭풍우 속으로 들어갔다. 비가 억수같이 쏟아져서, 마치 폭포 속을 뚫고 날아가는 것 같았다.

이윽고 그곳을 뚫고 나왔다. 켐프톤은 뒤를 돌아보면서 싱긋 웃어 보이더니 손가락으로 어딘가를 가리켰다.

그곳을 바라보니 전방에 폭이 넓은 거대하고도 높은 킬리만자로의 네모진 꼭대기가 햇빛을 받아 믿을 수 없을 만큼

하얗게 빛나고 있었다.

순간, 그는 자기가 가고 있는 곳이 바로 그곳이라는 것을 깨달았다.

바로 그때 하이에나가 어둠 속에서 킹킹대던 소리를 멈추더니, 기묘하게도 거의 사람이 우는 것 같은 소리를 내기 시작했다. 그 울음소리를 듣게 되자 여자는 마음이 불안해져 몸부림쳤다.

여자는 눈을 뜨지 않았다. 꿈속에서 그녀는 롱아일랜드의

자기 집에 가 있었다. 그날은 여자의 딸이 사교계에 처음 나가기 전날 밤이었다. 그런데 어찌된 셈인지 자신의 아버지가 그곳에 나타나 난리를 치고 있는 것이었다.

그때 하이에나의 울음소리가 너무 크게 들렸기 때문에 여자는 눈을 번쩍 떴다. 여자는 잠시 동안 자기가 어디 있는지도 알 수 없어서, 매우 불안했다. 그리하여 회중전등을 손에 들고 해리가 잠든 뒤에 들여다 놓은 침대를 비추어 보았다.

모기장 아래로 그의 몸뚱이를 볼 수 있었으나, 어찌된 영문인지 다리가 모기장 바깥으로 내밀어져 침대 아래로 축 늘어져 있었다.

그리고 붕대가 모두 풀려져 있었다. 여자는 차마 그것을 쳐다볼 수조차 없었다.

"몰로!"

여자가 소리쳤다.

"몰로! 몰로!"

그리고 여자는 '해리! 해리!' 하며 그의 이름을 불렀다. 이어서 여자의 음성이 더욱 커졌다.

"해리! 아아, 해리!"

대답이 없었다. 숨소리도 들리지 않았다.

텐트 밖에서는 하이에나가 여자의 잠을 깨울 때와 마찬가지로 기묘한 소리를 내고 있었다.

그러나 여자는 가슴이 너무나 심하게 두근거려, 아무 소리도 듣지 못했다.

노인과 바다

1판 1쇄 인쇄 | 2022년 07월 20일
1판 1쇄 발행 | 2022년 07월 25일

지은이 | 어니스트 헤밍웨이
옮긴이 | 김시오
펴낸이 | 윤옥임
펴낸곳 | 한비미디어

서울시 마포구 독막로 28길 34
대표전화 (02)713-3734, **팩스** (02)706-9151
등록 제 2003-000077호

ISBN 978-89-90167-67-5 03890
값 13,000원